HADŽIBEG

CIP - Katalogizacija u publikaciji
Nacionalna i univerzitetska biblioteka
Bosne i Hercegovine, Sarajevo

821.163.4(497.6)-32

    Hadžibeg - Sarajevo : Grafoton HS, 2015. -
186 str. ; 21 cm

ISBN 978-9958-758-57-7

COBISS.BH-ID 22249990

HADŽIBEG

Sarajevo, 2015.

*U mene, rahmetli nana Subhija, znala je rijet'
nama djeci: „Ašćija daje čorbu, škola diplomu, a
dragi Allah pamet, pa vi vidite".*

PREDGOVOR AUTORA

Najljepše što mi se desilo u životu, nakon upoznavanja moje supruge i rođenja djece, poznanstvo je sa Uzeirom Hadžibegom. Kad ovaj dedo, živahnog duha započne muhabet uz kahvu, maštovite priče o svom i tuđim životima, i znanih i neznanih, i živih i mrtvih, kad razveze, teško kraja toj milini od ugodna sijela i ugledati. A sve to bude zapamćeno i uteftereno od ovog Kemala, kojem "ne bide" mrsko da načini na "*fejzbuku*" profil i dadne mu ime Uzeir, a prezime Hadžibeg. Tako započe muhabet bez početka i kraja starca koji iz ovih sarajevskih mahala nigdje nije maknuo, a cijeli je Dunjaluk obišao i obasjao.

- Kako ćemo moj Kemale, veli mi Uzeir?

- Lahko, moj Hadžibeže, kako si i naučio zbrda – zdola, kako ti šta naumpadne, po istilahu i svojim riječima i sve u brk.

- Onda će mo lahko, moj dobri Kemale.

PISAC

Pita me jedan pisac:
- Jesi li ti, Uzeire, pisac?
Reko':
- Ne znam, odklen ću znat', more bit i da jesam, dok me ljudi čitaju.
Kaže on meni:
„Ma, nije to, Uzeire, jesi li izd'o neku knjigu?
Reko':
- Nisam, od'klen ću je izdat'.
Kaže on:
- Aha, lijepo. Drago mi je što sam Vas upoznao, svakako. Svako dobro!
Nije me ni poselamio.
More bit' da je u ovaj vakat pisac samo onaj što knjigu izda, ne mora ga niko ni čitat', ko zna?
Ako držiš ovu knjigu u rukama i ako je čitaš s merakom, pročitaš je do kraja i muhabetiš drugima o njojzi, e onda sam ja, Uzeir Hadžibeg, beli, post'o mladi pisac podstare dane.
Nejse, 'vako ću ja k'o što sam naučio, a k'o što mi je i moj dobri Kemal rek'o, zbrda -zdola i sve po istilahu, tabijatu i svojim riječima, kako mi šta naum padne. I sve u brk.
Jakako!

HADŽIBEG

U nas ti, u Bosni, odvajkada, haman svaka avlija ima i uzgaja 'Hadžibega'. More bit' da je tako i sad, a more i ne bit', ko će ga znat'. 'Hadžibeg' se gajio sa posebnom pažnjom i ljubavlju domaćina, jerbo je oslikavao toplinu, ljubav i gostoprimstvo koji u toj kući vladaju. Svaki 'Hadžibeg' ima svoju boju, i ta boja i bujnost biljke i ljepota cvijeta, određuje količinu i vrstu rahatluka u toj porodici. Uz 'Čuvarkuću', 'Hadžibeg' je bio simbol bosanske avlije. I dok 'Ćuvarkuća' čuva kuću od svakog zla i belaja, 'Hadžibeg' čuva i održava rahatluk u toj kući. Naši su stari govorili:

„Bolje ti je imat' 'Ćuvarkuću' neg' kera i demire na pendžerima, a 'Hadžibega' neg' ne znam ti šta.

ROĐEN U NEVAKAT

Kad sam rođen, pravo da ti velim, ne znam ni sam.

Jedino što znam je da sam rođen u nevakat. Volio bih ga vidit' ko je ovdje rođen u vakat i da nije kak'og rata predever'o, more bit' samo oni što je zglajz'o i zijanio od ka'ke nesreće, jal' bolesti. Samo je taki sretan što je im'o tu nesreću da zijani naprečac i ne dočeka kak'og belaja koji mu je rođenjem suđen. U onaj vakat se nije plaho hitilo ić' maksume prijavljivat' k'o danas. Ha se rodi odletiše ga utefterit' u ćitabe, a ako je muško namah ga upišu, jal' u Želju, jal' u Sarajvo, ne bi li him postalo fudbaler. Nije se igralo oko djece k'o danas. Pusti te, ha na rijeku, ha u kakav zijan, pa ako se utušiš, il' te šta pritisne, bome i nisi za ovog Dunjaluka. Od iste smo japije pravljeni, al' nismo isto istesani. Danas ti djecu tol'ko istanje pa him pucaju k'o suhe grane.

Nejse.

Pamtim dobro i onaj rat, mog'o sam ti imat' desetak godina, tek se oguz'o, što 'no kažu, a dobro ga pamtim, more bit' bolje neg' ovaj zadnji. Da mi nije mog ahbaba, Kemice s Malte i Muteta, taksiste, more bit' ne bi ni znao da je bio, ko će ga znat'. Insan ti je čudan hajvan, pamti samo ono što drugi hoće, a zaboravlja kako mu se ćefne i kako mu kad odgovara. Za mene ti je sve završilo, prije neg' je i počelo, k'o biva, kad su Turci napušćali Bosnu, mog ti pradedu, Asima, uglednog sarajevskog trgovca i prvaka, nagovore da šnjima krene put Carigrada. Da Bog do nije. Al' eto. Ostavi Asim, ženu Esmu i sina jedinca, Atifa u Šeheru same, k'o biva, dok se ne snađe, pa će doć' il' će poslat' po njih. I kako je hak i pravo, prepisa radnju i tri kuće na sina jedinca, s tim da se hanuma mu Esma brine o svemu dok on ne bidne punoljetan. Zlu ne trebalo. I k'o što jedna stara sevdalinka kaže: „Teško meni jadnoj u Saraj'vu samoj",tako se i Esma hanuma, nakon dugijeh godina čekanja na kakav haber od Asima, a od Asima ni habera sve do dana današnjeg, preudade, more bit' i na živa čo'jeka, ko će ga znat'. Ode za nakog Karišika, udovca i udari na golema šejtana i hrsuza.

'Vako se u nas u Bosni odgajaju djeca: Kad se dijete uzvrti oko vrele peći, mater mu dva puta rekne: „Žig, žig", a dijete ni mukajeta, neg sve bliže onoj peći, haman bi i skočilo na nju da mu mati treći put ne podvikne; „Popnider se na peć, Safete!" Dijete se namah okreće od peći i ode za kakim drugim zijanom. Jedino što nam matere nisu naizvrat i na inat govorile je rakija i kocka. Haram i kapak!

Haj što je propio svu Asimovu imovinu, pravdajuć' se da mu treba za izdržavanje posinka, neg' navadi i Atifa, još k'o maksuma na rakiju. Za nas ti vele od davnina: „Sa Bošnjom nemereš šale na kraj izać' ni u kakvom boju ni megdanu, al' ga propi' i on je gotov". Ništa ti on više neće radit', nit' će ga šta zanimat' osim toga. Tako i moj dedo Atif. Ono što njegov očuh ne popi, on iskapi, do posljednje kapi. Srećom završi krojačkog zanata, pa nekako na pravi put izvede svoje šćeri, moju mati Sakibu i tetke Ramizu i Hibu, al' hin i ostavi bez igdje ičeg' da se tako njegova loza ugasi i nestane.

Tamam mi još nešto naumpade, pa sam hotio pritefterit kad me zovnu, u mene mi hanuma Fata: „Uzeire, telefon, asli je vanjska!"

OMER OD AMSTERDAMA

Ko će ti bit'?

Onaj Omer od Rogatice, a sad Omer od Amsterdama.

'Vako ti mene počesto uzbizuhuri ovaj naš svijet što živi po stranskim zemljama, haman, po čitavom Dunjaluku, k'o biva da me upitaju za zdravlje, il' "nako", a ko će te, moj brate na ovom vaktu tražit' "nako". Neg' ti oni mene zovnu da mi se izjadaju. Tako i Omer. Siš'o u grad, ono pred sami rat i bio u nas k'o u svojoj kući, onda se još sve djelilo dok se imalo šta djelit', a moja nana Subhija, još je bila živa, tada reče:

„Neš ti ovo ni puškom više vratit' na selo."

Tako ti i bi. Nije se ni zapucalo kako treba, namah ga nestade. Pred kraj rata stiže haber od Omera iz Holandije. Bilesi iz Amsterdama. Kako je znalo nać Holandije, veli u mene nana Subhija. Nejse, dobi on tamo socijalu, rat se završi, kupi nakog auta i za Bosnu. Kažu da je čitav dan kružio oko Amsterdama, nije znao izić' iz njega. Da vidiš sad tog Omera! Snašlo se to...

- Uzeire, na vel'kom sam ti belaju, veli mi Omer.

- Što, reko', šta je reć'?

- Onaj moj mali Amer, nejma ni 16, a naš'o naku curu, Holanđanku, i sve po njihovom adetu. Jednom je doveo u nas i nismo je serbez ni pogledali, odvede je u sobu i taj vakat ih nejma. Dođoše da jedu, kaže meni Amer, babo ona će večeras kod mene spavat'. More, reko', al' da vam ujutru dovedem hodžu, nek vas makar šerijatski vjenča. Babo, ako ti mene oženiš ja ću se ubit'.

- Šta da radim, moj Uzeire?

13

- Ništa, moj Omere. Trebo' si rijet djeci da ne pristaju za njima, sad deveraj po njihovim adetima.

On više nijedne ne progovori.

- Haj, kaže, alahimanet, pa ćemo se čut', a ja se vratih svojim ćitabima i zaboravih šta sam ono hotio rijet.

ŠARENA LAŽA

U onaj vakat nije bilo lahko, k'o danas, bit maksum.

Svega bili željni, a najviše hljeba i igara.

K'o biva vazdan bili gladni, a k'o djeca, samo da him je igrat' se na jaliji. Nismo imali ščim, nego 'nako, smišljali sami, il' ono što su nas naše nane naučile, a njih njihove.

U mene bi, rahmetli nana Subhija, znala rijet nama djeci, da nas zabavi, šta li:

„Ko mi donese muštuluk kad udari prvo džemre, beli će dobit' šarenu lažu!"

I mi bi se razleti od Bijele Tabije, Ploče i Obhodže, pa sve do Mihrivoda i Sedrenika i po taj vakat bi čekaj da udari to nako džemre.

Moj brate, ja šta smo se mi najeli šarenih laža!

Pričam ja ovo onom mom hairsuzu Mutetu, taksisti, a on crče od snijeha. Sutradan, doš'o u mene i veli:

„Uzeirbeže, pala dojava, eno ti džemre spucalo na Hrešu, leti da ufatiš muštuluk!"

Reko': „Što nisi svom babi rek'o pa nek' ti on leti, ugursuze li nijedan!

Dan danile, nit' ja znam, nit' iko koga sam god upit'o, o čemu ide ova dječija igra i ova pjesma: „Kulina Bana vojska je, vojska je, čija je vojska nek ide, a čija nije nek stane..."

Sjetih se još jedne igre, svima drage „Fatanje letaka izbačenih iz njemačkih aviona." Naletaj bi se za njima po čitavom Šeheru, s Kovača nad Kovače, pa na Ploču Sumbulušu, pa na Mihrivode i Budakoviće. Nafataj bi ih bukadar, pa bi se poslije mijenjaj: „Tri zgužvana, za jedan glajncer.“

Nerado se sjetim kad nam je došla struja u mahalu, pa bi se onaj majstor popni sa onim kandžama na banderu, a mi djeca, dole, ispod njeg' čekamo kad će past' komad žice koju on odreže. Znali smo se i pobit' oko one žice.

Alahselamet, kaka smo sirotinja bili.

Nejse.

TETAK BAHO S HREŠE

Hotio sam vam ne kazat' za tetka Sabahudina, Bahu sa Hreše, al' kako je dragi Allah propis'o da ništa nemere ostat' sakriveno na ovom Dunjaluku, a bome ni u meni, haj da vam i to reknem...

U mene bi mati vazda reći: „Onaj naš babao Atif, vazda bi nam govori; Udajte se šćeri, samo nemojte za seljake! A moreš mislit' odveo nas na Brnjake da živimo. Nije bilo ni u Kiseljaku krojača, pa mu dadoše pola kuće s hodžom da djelimo, plaho nam je tamo bilo. Ona se moja, jadna sestra Ramiza, ode za onog blentu Sabahudina na Hrešu, a druga sestra Hiba, udade se u Maglaj za Sulju, a ja se, elhamdulilah,vratih u Sarajvo".

Čim ga je u mene mati Subhija vidila, tog tetka Bahu, namah je rekla:

„Šćeri Ramiza, vazdan sam ti govorila da nepjevaš u hali, biće ti čo'jek mahnit, a ti jopet, eto ti ga sad'. Tetak Baho i nije bio loš čo'jek, o sebi pri sebi, samo je im'o tu mahanu da nije plaho govorio, a kad bi progovori, bolje da nije, sve sami brezobrazluci i to u stihovima i rimama. Jedne zime se mi iskupili u njih na Hreši, puna kuća. U mene mati, Sakiba, sjela kraj peći da izgrije leđa, svi pričaju sa svakim, a tetak Baho sjedi na minderu i šuti. I tako taj vakat. Sve do jenom kad provali, k'o grom iz vedra neba: 'Sjedi Sakiba kraj furune, u gaćama runo vune, traži Mujo jednu dlaku da isplete k... kapu'. Tišina, moreš je nožem rezat'. Kad će ti u mene sestra Hata, nije ni u školu bila pošla:

"'Ih tetak, kako bi tebi bilo da tvoja Ramiza sjedi kraj furune'."

MAGLAJ

Tetka Hiba bila udata u Maglaju, pa bi ti mi svako ljeto, za školski raspust, na voz i u Maglaj.

Prop'o, proš'o, nek' je raspust doš'o. Mati bi napeci pun onaj vel'ki valjnig gurabija, zamotaj bi hin u bošču da omekšaju dok ne krenemo, a mi djeca bi oblijeći oko onih gurabija, al' nismo smijeli nijedne jamit' dok ne dođemo u tetke. Ponesi bi i kantu mješane marmelade k'o da u Maglaju nije bilo kupit', al' eto.

Do Zenice bi se pojela pečena kokoš, ona što nije više nosila, kuhana jaja sa paradajzom i perima mladog luka, dug je to put, valja se dobro najest'. Čim bi prođi Zenicu, mati bi nas nabrzaj prema izlazu i mi bi ti po taj vakat stoj između vagona 'nako sa kuferom, kanticom mješane marmelade i boščom punom gurabija. Morali smo se od nje držat' za ruke da se ne bi izgubili, šta li? Klepeće onaj *ćiro*, hem škripi i ispušća onu paru, a sve na nas. Kad bi nam se pripišaj, nejma niđe ić' neg otale sve dole po šinama. Prođe i taj vakat kako mi visimo između vagona, nailaze kondukteri, milicija i govore njojzi:

„Ženo draga, uvedi tu djecu unutra, pomešće hin vjetar, a do Maglaja imaš još kol'ko ho'š".

Ona ni mukajeta: „Svoj ti poso, more voz prošišat' i ko zna dje bi nas mog'o provest, i haj se ti vrati otale".

Prije nisi mogo prepoznat Maglaj po kuhanim jajima i k'o da je, da izvineš neko prn'o, jerbo nije bilo one fabrike. Žepče, Zavidovići, onaj narod izlazi, unilazi, a mi stojimo kako stojimo i čekamo kad će Maglaj.

Stade voz u Maglaju, tek tada nastade panika.

Valjalo je nać' kakog finog čo'jeka da primi kufer, marmeladu i onu bošču sa gurabijama, a bome i nas, jerbo su one basamake povisoke, a mi pomalehni. „Ne d'o Bog more voz i krenut', a mi djeca ostat', ne bi sebi ukabulila", veli u mene mati. Izađosmo nekako, garavi od one pare, k'o da smo iz rudnika izašli, a noge nam sve klecaju kol'ko smo ih protresli stojući taj vakat izmeđ' vagona. I mi ti otale pjehe kod tetke, a moja bi mati sve do Misurića ponavljala:

"E, moja sestro, što si ti deverli glave, dje se udade iz 'nakog Saraj'va!"

Mi bi u onim kratkim pantolicama sa tregerima i kaputićima žute boje, što nam hi je dedo Atif skrojio, morali sve jarkom do tetkine kuće, jerbo bi nas moglo klepit' avto kad bi naniđi jenom jal' nijenom do tetkine kuće. Nije onda bilo Bogzna kakih ni avta, k'o danas. U mene buraz, bio stariji, nosi onu bošču sa gurabijama, poteška bila, sve se zanosi, ja onu kanticu sa mješanom marmeladom, a mati ide džadom i nosi onaj žuti kufer, sva se nagela od njeg', k'o da je sad gledam.

Plaho bi nam bidni u Misurićima, kod tetke.

Dole Bosna, a gore potoci, brda, šume... Povazdan bi lovi ribu il' gonjaj tetkov točak. Kad bi nestalo gurabija, morali smo nazad. Gotov raspust. Kad bi se vraćaj nismo morali ketit taj vakat između vagona, jer nam je mati govorila:

"Sjedite djeco, Sarajevo ne mereš ni mašit' ni prošišat', jerbo od Saraj'va dalje nejma".

ŠEHER

Nisam ti odavno po Šeheru hod'o, nešto vala ne mogu na nogama, a i kad odem k'o da sam u Carigrad doš'o, nit' koga sretnem, nit' ko pita za mene.

Alahselamet.

Bome se ovaj naš Šeher izgradio, sve nake građevine nove. Naka'v Škot otvorio ašćinicu u sred Titove, svaka druga banka jal' švapska jal' austrougarska, robna kuća arapska. Upališ televizor serija turska...

Moj brate, asli smo mi jopet pod nečijom okupacijom.

More bit' i da jesmo,a da i ne znamo...

Okupatori nas grade, k'o i vazdan, a harač uzima grupa domaćijeh izdajnika.

Hej, jadi, jadi, haman insan da pobenavi.

Be li će nas ova demokratija u Jagomir strpat', ako bidne mjesta, jer kol'ko mahnitog svijeta po Bosni hoda...

Da Bog da.

HAMAN JARABI ŠTO JE OVA NAŠA BOSNA PLAHA

Bili ti mi dvije hefte u Fojnici, u banjama.

Plaho nam bilo. Sredila nam Hidajeta iz Socijalnog, k'o biva za pemzionere. Moreš ti bit' pemzioner kol'ko ho'š, al' ako se ne paziš sa Hidajetom ne'š ga vala ni vidit' Fojnice. Reko', ako je tako, ja vala neću. Veli, u mene Fata:

„Neću vala ni ja, ko će ostavit kuću i mahalu dvije hefte, haj da je naobdan pa inekako".

Vidim ja i njojzi se ne ide đe je štela, šta li? Dođe Hidajeta donese hejbet papira i veli:

"Sređeno. Ako vi ne odete propade, pa kako vam drago".

Živi smo ti se bili ufatili. Jedan dan k'o ne bi išli, drugi dan k'o i bi. A, u mene Fata kupuje li kupuje; sebi kostim, meni kupaće, peškire nove i zembilj da hin ima đe turit'. Samo što još nije dušek i šlauf kupila, k'o da će mo na more. Dođe i taj dan i mi se nađosmo, k'o u behutu, u avtobusu za Fojnicu. Gledam ja onaj narod blehno kroz one pendžere na izvan, niko niskim ne progovara, a i što bi progovaro kod ove ljepote. Haman Jarabi što je ova naša Bosna plaha, ne mereš je se nagledat'. More bit' je i za to ovaj naš insan 'vaki izhavješćen od ove ljepote oko njega, pa ne mere doć' ni do daha ni havaza od ove meraja, pa samo blehne, nit' zna šta se u njem dešava, a kamo li oko njega. Gledam ove kuće sve je'na drugoj guzice okrenule, i kontam kak'e kuće takav i narod, svak' svakom kontru udara i prkosi. More bit' da bi se bolje pazili da smo na kak'om propuhu il' u kakoj pustinji neg' u ovom Dženetu na dunjaluku, ko zna.

21

Plaho nam bilo u banjama, k'o kad nismo naučili da igra-ju oko nas. Fata ispočetka sve sklanjala ono što bi pojedi i popi', haman je hotijela i oprat', al' joj i nedadoše. I tako prođe hefta. Meni već dodijalo. Pitam ja, u mene Fatu:

- Jesi l' poželila kuće?

Veli: - Nisam.

- Jesi l' poželila mahale?

- Jok ja!

– Jesi l' ,barem, poželila s jaranicam kahvu poput'?

- Bome jok ja. Kontam, ovo nešto nije u redu dok je Fata 'voliko zabegenisala ove banje. Ne'š je šale kući vratit', a i ako je vratiš,valja meni sa njom deverat', ko zna kaka će mi bit' kad se vrati.

RUČ'O BABO

Neko me zove u gluho doba i pita:
- Trebaju li vam drva?
Reko': - Ne trebaju!
Jutros pogledam iza kuće, niđe mi drva.
Haman Jarabi, jes se ovaj narod prolopovio.
Ubi nas ova besparica k'o mraz paprike, pa insan izgubi obraz brže neg' abdest.

'Vako ti u današnji vakat stvari stoje:

Oni što su za Titinog vakta išli u Visočka sela da klanjaju džumu, da ih nebi ko prepozno, i što su krišom sunetili djecu, sad u nanulama idu kaldrmom u džamiju, sve odzvanja za njima. Smjestili se u prva tri safa i ne moreš hodže ni čut' ni vidit' od njih, a sve na nakim funkcijama i u nakim partijama. Sad u ovoj, sad u onoj. A nas malo što je vazdan ostalo isto, nisu nas ni u onaj vakat mogli smislit', a sad pogotovu. Nas su izgurali do izlaznih vrata.

Nejse, nego sam vam ovo hotio rijet:

Jedan od takijeh, Adem, iz stranke, prijde meni poslije Džume namaza i veli:

- Uzeire, jesi li ti za me glas'o!?
- Jok ja, što ću za te glasat, be li će nam stobom bit' bolje!
- Bezbeli da neće. Nego ti glasaj za me', tebi isto, a meni bolje!

Moj brate, u ovoj našoj Bosni, na ovom poganom vaktu, narod je najrahatniji kad se ovi političari namire. Oblijeću oko naroda, djele hedije i obećavaju zlatne kašike. Kad se smjeste u

23

one fotelje zaborave na narod i okrenu se svojoj guzici, k'o biva da sebe namire dok je vakta. A politika je u nas jednostavna i stane u dvije proste, a bome i brezobrazne riječi:

"Ko je jamio, jamio"

Ili: „Ručo babo!"

Dok jadni narod ispašta, a ja ti se spremim i na pijacu.

ONAJ SUBOTNJI, PODNEVNI

Neki dan, reko', ode malo na Markale i uniđoh u trajvan, kad se nisam bajildis'o od svakojakih miruha.

Izađem na prvoj stanici, reko', odo' ja pjehe...

Svratim tako do Halime iz Ilijaša, fina jedna žena, u nje kupujem mladi sir za pite. Plaha pita od njeg bidne, a čista žena, nisam, bome, nikad u siru joj naš'o više od je`ne dlake. Požalim joj se, reko':

- Moja Halima što ovaj narod tukne, ne mere se durat'. Što se makar heftično, nedeljom ne okupaju k'o vas svijet.

- Moj Uzeire, začas prođe hefta,veli ona meni.

Ko nije nikad uniš'o u onaj subotnji, podnevni Ilijaš - Sutjeska i ne zna šta je miruh...taman ona raja sa pijace ide kući u Stari Ilijaš, nosi se kiseli kupus, sir ovaj, sir onaj, miris štale...ma da ti ne gadim, ko izdrži živ do Starog Ilijaša, vidiće i Sarajvo. Ovi do Starog Ilijaša, idu na infuziju kad dođu kući. Tu su ti miruhi od: mlaćanice, sirutke, kozijih suhije kostiju, kaurme, sira torotana, suhog sira sa bijelim lukom, kajmaka iz mijeha, suhije šljiva, krušaka, ma da ti ne nabrajam više, jopet će ti biti muka.

- Tako sam ti, reko', i ja bio zared'o, svake hefte se kupat', evo me sad kišem, kašljem, hripam, Allaha mi jedva dišem... More se i koja hefta preskočit' do ljeta.

- Jašta radi, moj Uzeire, ima u nas jedan dedo samo tejemum zimi uzima. Neće ti on vode na se' dok dobro ne ugrije.

SARAJLIJICA

Tamam preš'o, hairli, džadu i trajvansku prugu kad mi neko pibiće.

Okrenem se, onaj moj nalet, Mute, taksista, iskezio se sa onog pendžera od avta i veli mi:

- Haj, Uzeire, da te trznem, kuća časti!

- Neka, fala, žurim, velim ja njemu, a on se nastavio k'o navijen, zaustavio čitav saobraćaj. Pibiću avta, onaj trajvan iza njega zvoni li zvoni, a on ni mukajeta. K'o da mi je doš'o na sijelo, pa sve po istilahu eglen, beglen. Mene lijepo bi stid od onog svijeta i ja ti šmugnem iza ćoška dok se čitava čaršija hori od onog pibikanja, k'o da je svadba nečija.

Na pijaci, nejma šta nejma, a sve k'o žera, neda se pipnut', a kamo li kupit'. Na jednoj tezgi, čo'jek prodaje krompir i napis'o na kartonu "crvena olandija" Reko' mu ja, valjda Holandija, a on će ti meni sikter Sarajlijice.

Estakfirula, što je ovo uzelo fursata. Ha dođu u Sarajvo, da him je po svom.

Na drugoj tezgi, znam čo'jeka, prodaje jezgru, a napis'o na kartonu „rijezga".Reko' mu ja, odklen si ti, pa napis'o rijezga mjesto jezgra. Kaže on meni:

"Znam ba, Uzeire, nego takav narod, da sam napiso jezgra, nebi mi je niko uzim'o!

26

OGLEDAVANJE

Šta je život, par koraka od avlije do granapa, k'o kad više nejma maksuma u mahali da ga pošalješ, a i da ima doš'o bi te skuplje neg' ono po šta si ga posl'o.

Navučem ti ja kaloše i niz sokak. Kad dole na jaliji, ugledam Senu, te ti brže bolje skrenem iza ćoška nebil` je mimoiš'o, kad me ona viknu:

- Uzeiraga, stander malo da te nešto priupitam!

- Šta'š me pitat', noste đavo?

- Ka`š ti u mene na mrku da ti malo ogledam u findžan?

- Što`š mi ogledavat', meni je davno ogledano, beli da mi kažeš ka`će mi Azrail doć' i ka`će me spustit', halalit', Elfatihu proučit' i zaboravit' k'o da me Bog nije dao. Nego, šta ti onom jadnom narodu pričaš pa nako navali u tebe?

- Pričam šta narod voli čut'. Prije sam ja istinu govorila, pa samo belaj sebi navuci. Eno ona naša frizerka Rasema, ni dan danas ne govori samnom. Zvala me na kahvu, k'o biva da potvrdi da će nakav tu noć doć' po nju. Reko', bome ti taj neće doć'. „Hoće, hoće, obeć'o je..." Bome neće. I nije doš'o. Moj Uzeire, a ja morala otad dole u čaršiju na frizuru kad god hoću u nje kaže nemam mjesta, a vazdan joj prazno.

PRIGLAVKE

Bila u nas u mahali nana Hata, Omerovca. Doveo je Omer s Bjelašnice, mešćini iz Lukomira, jal' iz Umoljana, ne dajte mi lagat', kad mu je prva žena umrla.

Omer,rahmetli bio mudar insan i vazda nešto dum'o i razmišlj'o, pa kad bi đe kreni tolko bi se zamisli da nije ni vidio ni čuo trajvan kod Higijenskog kad ga je klepio, izbio iz čarapa i dva metra odbacio od zemlje. Namjestu mrtav. Pričali poslije da su na vrh Gorice, a neki kažu, ako hin je vjerovat', i Podhrastovima čuli kol'ko je zvonio i kočio taj trajvan. Jedino ga Omer nije čuo.

Nisu imali djece, a Omerovi sinovi je smjestiše u podrumski sobičak dva sa tri i sa pendžerom što je gled'o na betonski potporni zid. Srećom imala je radion i plela je priglavke od grilona najbolje u čitavom Šeheru i unaprijed bi rasprodaj sve što je mogla isplest'. Te njezine priglavke uđoše u legendu:

„Nemereš poderat' k'o priglavke nane Hate!"

Peri, deri nemereš him ništa. Znala je naku sitnu mustru, a tako bi hin nabi da su, mešćini bile i vodootporne. Govorilo se, da si jedino u njima mog'o, zimi niz Vrbanjušu, Roginu i Jekovac sić', k'o biva nije se u njima talizalo. Ko nije imo Hatine priglavke u Buća Potoku ili na Mojmilu, u Vrbovskoj, nije ni silazio.

Nejse.

Samo šest puta na dan je odlagala pletivo i igle. Kod pet vakata namaza i kad bi slušaj naku emisiju na radionu koju je vodila neka Enisa. Prezimena joj nisam upamtio.

Jednom dojde u nas, namjesti se na sećiji i stade plest' i učit' laj-lahilela, a mene i Fatu i ne gleda, k'o da nas Bog nije dao. Unas bila upaljena televizija, i neko prozva Enisu sa radija, a nana Hata, kako to ču, namah prestade plest' i zagleda se u televiziju.

- Vala baš da vidim moju Enisu!

Gledala je i taj vakat, otvorenih usta:

- Nije ono Enesa, ma kak'i, moja Enesa je puno ljepša i ima smeđu kosu. Bome i visočija je. Jedino joj po glasu sliči.

Po belaju, Fata i ja na nju:

- Jest ona je, a nana Hava, ila' nije i nije.

Kad se žena rasplaka, suza suzu goni. Meščini nije ni za Omerom, rahmetli 'nolike suze prolila.

Od tada je nana Hata pravila samo pet pauza.

Kažu da onu emisiju nije više slušala, a proizvodnju prig-lavaka je povećala za pedeset pari godišnje. Valjalo je namirit' sve one sarajevske, k'o niznos, k'o uznos, sokake za zime, kad jedino u priglavkama nane Hate možeš sić' u čaršiju.

NE LETI NA TUĐIM KRILIMA

Evo ima mjesec il' dva kako Fata i ja deveramo sa golubovima.

Sjedimo na čardačiću, pijemo kahvu i gledamo kako se u komšije Fehima, na balkonu liježu golubovi.

- Jes ti vidio, moj Uzeire, što ti je mati, a otac k'o drven kolac, pristavio i napušćo, ostavio njoj jadnici da hin na pravi put izvede.

- Ma jok, bonićko, nije u njih k'o u nas.U njih ti je čo'jk pravi efendija, ima ti on preča posla neg' oko maksuma deverat'. Eto ti pa deveraj, a ja odoh kod drugijeh hanuma, k'o biva, i njima sam potreban, veli joj i odleti, a ona se i ne ljuti, jerbo razumije kako to u njih hoda.

- Ih da je on pravi otac brino bi se i on. Neg' ti on, moj Uzeire, ne valja.

- Eto ti onda, kad hoćeš, nek bidne po tvom: Svi valjaju samo ovaj kod Fehima ne valja, jerbo je ostavio ženu i djecu.

I tako bi mi taj vakat, na kraju bi ispalo da su svi muškarci isti, a sve žene jadnice i paćenice, kad ugledasmo jodnog tića doš'o na ćoše od balkona i k'o da bi da poleti, a ne smije. Mater mu mlatara krilima, k'o biva išareti mu kako će. Džabe, ono pođe pa se vrati. A već golemo, moglo bi komotno poletit', a nemere se, beli odvojit' od matere i materine hrane, šta li? I tako taj vakat, a Fata i ja ne moremo iščekat' šta će bit'. Veli Fata:

- Ma vratiće ona njeg' sebi, ko svoja mater.

Valjda i golubici više dodijalo i kad tić jenom dođe na onaj ćošak, mati mu se zaleti i gurnu ga iz sve snage. U mene Fata škoči, ispade joj findžan iz ruke:

- Eno ga, Uzeire, pade! Ne smijem ni gledat'.

- Ma jok, bonićko, eno ga leti svojim krilima. Bome i leti.

- E ovo ti je prava mater, a ne k'o ove naše matere, a i oče-vi što ne daju djeci poletit' već hin privijaju uz svoje skute dok s njima i ne ostare, velim ja Fati, a ona će ti meni:

- Pogančeri, sve usraše, gori su od miševa. Ne d'o Bog da se u mene navade.

Sjetih se komšije Šabana što mu je sin vazdan tražio za kahve, do trijest osme godine. Poš'o mu je'nom sin u grad, a Šaban skoči i tutnu mu nešta u džep, veli: - Za kahve!

Turi on ruku u džep da vidi kol'ko mu je babo dao kad u džepu kesica šećera. Za kahve. Otad mu nikad više nije zatražio.

Zato pustite djecu, kad dođe vakat nek' lete svojim krili-ma, jerbo s vašijem nikad neće ni poletit'.

NEDJELJE POPODNE

E, moj brate, kad se sjetim onih prijašnjih nedjelja, popodne, u proljeće.

Pendžeri širom otvoreni, a na njima tranzistori i svi na istoj stanici *Sport i zabava* Radio Sarajeva. Od svakle se čuju hašovi i grablje, narod pravi lijehu - dvije za mladog luka da ima za lukmire i salate. Po sokaku popravljaju *fiće* i *tristaće*, djeca gonjaju hloptu na male, cika, vika, dreka na sve strane.

«Mama-a- a, namaži mi kriiišku-u-u!"

Cigani popravljaju kišobrane, oštre noževe, kalajišu sahane i demirlije... Svi na izvanu osim jedne nane što naklanjava dva rekijata i ne smeta joj ništa, jer ne čuje ništa od svog šapata, Elhama i Kulhuvalahu. A iza širom otvorenih prozora, neka mlada mete i pjeva. Ne vidiš je, ali čuješ pjesmu:

"Karanfile, cvijeće moje…"

Niko nikom ne smeta....

A danas,moj brate nedjeljom popodne k'o da je bila vazdušna uzbuna, niđe žive duše.

Svak gleda da nekom ne smeta, a svak svakom smeta.

NEJMA VIŠE SIJELA K'O PRIJE

Nek' vala ni nejma.

Namah se sjetih kad mi se onaj komšija Bejto navadio, pa svaku noć iza jacije sa četvero djece, svako od uha do uha, pa kad udare, a njih dvoje ni mukajeta k'o da nisu njihova...

Allahselamet!

Jednom ja kažem Fati:

- Trči ženo, dok nije Bejto, da mi njima jednom bahnemo...

Nije Fata ni niz basamake sišla, kad eto ti je nazad sa Bejtom, Bejtovicom i četvero maksuma.

Nikad otić'...

Zijevam ja, zijeva Fata.

Reko':

Valja meni ujutro u pet poranit', moraš li i ti na pos'o?

Bejto će uzvratit':

- Ih da ja moram poranit' k'o da bi do ovih doba sjedio!

BIO U MENE BEĆIR I BEĆIROVICA

Komšija Šekjur bio ters pa ugradio špiglo od Fapa na pendžer i kad bi mu neko pokucaj, prvo bi poviri, pa ako je neko ko mu ne odgovara, pravi se da nije u kući, a Šekjurovci nije mogla tica proletit' kroz sokak, a da je ne vidi sa sećije.

Bome Šekjur bio plaho pametan, a evo i što:

Bio u mene Bećir i Bećirovca... na sijelu.

Nejse, na vratima nikad otić'...

- Dođite.
- Doćemo, dođite vi.
- Doćemo, dođite i vi.
- Doćemo, dođite i vi, nemojte gledati ko je zadnji dolazio, dođite.
- Doćemo i vi dođite.
– Hoćemo, pa dođite.
- Doćemo, dođite i vi.
- Imate kod koga…
- Nemojte šta zamjerit', fala vam.
- Ništa, fala vama.
- Vidimo se, pa se čujemo.
- Dođite, nemojte čekat' da mi dođemo…
- Selame ćeš Hasanu i Ziji kad se čujete s njima!
- Dođite.
- Doćemo, dođite vi.
- Doćemo, dođite i vi...

DA POŠUTIMO

Plaho volim sa svakakvim insanom promuhabetit', al' mi nekad, valahi, dokundiše i moj i tuđi i eglen i beglen, pa ja odem kod dede Emina sa Ploče da sa njim malo pošutim.

U tog dede riječ k'o dukat.

Po taj vakat sjedimo, kahvendišemo i siti se našutimo.

Tišina, moreš je s nožem rezat', a kroz tu tišinu provlaći se dim dedine cigare... Nisam nikad pušio i svaka mi cigara smrdi, ali ova dedina škija mirom miriše.

Prođe i taj vakat kad Emin progovori:

- Znadeš li ti, Uzeire, ka`će Kijametski dan? Nisam moro ni reć', ne znam oklen ću znat' kad se dedo nastavi: - Ne zna to niko, moj Uzeire, sem dragog Allaha koji nam daje znakove, a jedan od znakova je kad nestane stida. Ima jedan cvijet neki ga zovu *stid*, taj ti je cvijet nekad bio drugačiji, unutra je bio crn, a okolo bijel' k'o pamuk. Ljetos sam ga gled'o i onaj crni dio haman se ni ne vidi. E, kad taj crni dio nestane, nestaće i stida, a bome i Dunjaluka, moj Uzeirbeže.

EMINOVICA

Nejma više starijeh insana.

U ovoj mojoj mahali ostala samo mala raja. Jes' da su se savili do zemlje i nosaju šćapove, al' će za mene vazdan ostat' mala raja, baš ko i ja, ovaj, Uzeir Hadžibeg za dedu Emina iz gornje mahale.

Fata se spremila na tehvid, čak na Goricu, reko': - Ode ja Bome u Emina da malo prodivanimo.

- Znadem ja što ti ideš u Emina, ne mereš iz njeg' riječ izvuć', a Eminovca plaho umije muhabetit', imal' išta gore od pametna ženska, uh ,uh, uh, veli Fata.

Bome, ima Fata pravo.

I kad se dobro našutim sa Eminom, onda se naslušam Eminovce.

'Vako će ti Eminovca meni: - Sine, nikad nisam ni u bašču izašla kratkije rukava, a bilo je vrelije dana, da zemlja gori, a i nek' nisam valahi, sad mi je drago, ostarila bi i tako i tako. Nekad ja bila stidna, meščini draže bi mi bilo da me neko vrelom vodom polijeva neg' da me gleda, il', nedaj Bože fali... sad bi mu komotno zgrmila; - Šta je, šta si blehn'o u me'!? Sa'ću ja Uzeire nama kahvu stavit', stavila mlijeko na špore', pa rek'o da se malo ufati kajmaka, pa da nam malo zakajmačim.

- Nemoj ga vala meni turat', ja ću 'nako.

- Uzmirisala se ona kahva, a Emin se zalijepio za onaj pendžer, natak'o cigaru na džibuk i nije'ne. Samo ponekad kašljucne, k'o biva da nam da do znanja da je i on tu i da nas sluša. Sine, prije su žene plaho poštovale ljude, znao se red. Nije dijete za sofrom smjelo prvo pružit ruku, dok najstariji ne otpočne. Nije se za sofru sjedalo brez kape i mahrame. Nek' su se ove žene malo nadigle, al' brate, prećeruju. Ne kaže se džabe, da neće kijamet dok ne zavlada ženski vakat.

- I tako taj vakat, Eminovca divani, a Emin kašljuca, nas i negleda, pogled mu se muti, neđe u daljine, a ja je slušam, otvorenih usta, baš ko što sam nekad moju nanu Subhiju, a duša mi se puni starim vremenima i uzdišem.

Vratim se ja kući, dođe Fata ljuta k'o lepir, a zuji k'o 'čela:

- Uzeire, zaklinjem te svim i svačim, ako ja preselim prije tebe nemoj mi, Allahati pravit' ni tehvida ni mevluda... Eto kad sam te zaklela!

KLJUČ U BRAVU

Ja plaha sijela kod mog ahbaba Edhema na Mihrivodama!

Sve po istilahu i tabijatu; Svakojakih mezetluka i peksi-meta na hastalu, pa šerbe, pa kahva i eglena i beglena. Ja miline i meraka u Edhema sa čardaka, ne mereš se nagledat' Saraj'va. Još kad Edhem zakuca u saz, sati se pretvoriše u minute, a mi-nute u sekunde.

I kako to vazdan biva sa maksuzije okrenu na baksuziju:

Vraćamo ti se mi, uneka doba kući, samo što nisam zap-jev'o uz kaldrmu, od miline i hop, pred kapiju. Ja ključ u bravu, lijevo,desno… Neće. Ja jopet, jopet neće.

- Da nije ko uniš'o pa zamandalio sa unutrašnje strane – reko'..

- Jok, bolan, Uzeire ko će unić', haj polahko i sbismilom.

- Ja polahko, neće. Ja zavro, umal' ne prebi onaj ključ. Neće. Ufati me nakav srklet, poče me znoj oblijevat', počeh neuzubilah i lajat, a u mene Fata veli;

- Daj da ja probam s bismilom.

- Hama šta ćeš ti probat', ženska glavo kad ja ne mogu

Uze mi ona ključ, ja se vas tresem od nake hinle.

Prouči Euzu i Bismile, turi onaj ključ, okrenu i otvori vrata.

Mi uniđosmo k'o u svoju kuću i o tom više ne progovori-smo ni riječi.

AKŠAMHAJRLA UZEIRE

Pošli mi, u neka doba, sa prela kući, nigdje žive duše, meni se omače i ja prde, kad će ti Hanifa s pendžera:

- Akšamhajrla Uzeire!

Kad nisam u zemlju prop'o.

- Nejma veze, Uzeire, ja sam navikla. U mene babo, rah-metli, prdio gdje je god stig'o, a nas četiri sestre vazda rondale. Jednom on doš'o s posla, ja se tad tek udala, i odvalio rafal u ganjku. Niko ništa. On pomislio da nema nikoga u kući. Uđe u sobu kad zet sjedi, prvi put mu doš'o. Otad nije više nijednom prn'o, ali se zato onaj moj nastavio do dana današnjeg, dobro mu došlo, k'o veli, kad može tvoj babo... što nebi i ja.

U MENE FATA

Ko star insan, moj sinko, pa mu sve misli lete unazad, a dani mu okraćali, k'o maksumu kad okraćaju pantole a on nema drugijeh pa ih vuče nadole, al' džabe, svi vide i zadirkuju ga:

- Jel' ti to bila poplava u kući?

Kako ja tako i u mene Fata. Veli mi jutros na kahvi:

- Sjećaš li se ti, moj Uzeire, kad sam ja došla za te'?

-Sječam, kako se neću sjećat'.

– A, sjećaš se kad me je tvoja nana Subhija natjerala da pred svima varim halvu, k'o biva da me ispita znadem li?

- Jok ja, đe ću se toga sjećat'?

– E, moj Uzeire, kako mi je tad bilo, ne umijem ti kazat'. Mješam ja onu halvu i molim se, u sebi: „Dragi Allahu, jal' je stisni, jal' me sebi digni."

– I-i, stisnu li je?

- Ne mogu se sjetit', al' se dobro sjećam kako mi je tad bilo, veli Fata i uzdahnu. Nešto kontam: Sa ženama ti je najbolje ne započinjat' nikake ni rasprave a kamo li svađe, jerbo one pamte i ono što je svak' zaboravio i kad se posvadiš sve ti izbifla k'o da iz knjige čita, kad si joj šta rek'o, kako si je krivo pogled'o i kad si joj sve familiju spomeno.

- Haj, Bogati, šta bi da te natjerala da pitu razvijaš, velim ja njojzi, neće li prestat'.

- Jah, veli, ima sve gore od goreg.

- Bezbeli da ima, reko'. I bi mi drago što sam je odvratio od ovog kaharli sjećanja kojem kraja nejma, a još kiša. Što bi rek'o u mene Hazim:

40

„Kako god se okreneš guzica ti je iza leđa, pa ti vidi".

Heklanje

U mene Fata svo jutro ronda li ronda. Te izbacio si mi min-der, izbacio si mi radijon, kredenac, dovuk'o mi onu tanku tele-viziju da nejmam đe heklanje stavit', e neš vala, samo ga probaj skinut'...

Sad kad gledam dnevnik vidim ti, bolan, samo po' glave Senadu Hadžifejzoviću.

ŠAĆIR ZVANI ŠAKA

Svi u mahali kupili radijone, Šaćir, zvani Šaka, neće, svi kupiše televizije, Šaka neće, kaže šta će mi šejtan u kući. Svako malo eto ti ga te na dnevnik, te na *Gradić Pejton*, pa na *Dinastiju*, tek je *Povratak u Idn* gled'o na svojoj televiziji kad su mu djeca počela radit'.

Uvode se telefoni, il' platit' il' prokopat' četri metra kanala.

Šaka neće.

Kad god bi mi zazvoni telefon pošaljem dijete:

„Trči po Šaćira!"

Na kraju dođe:

„Mogu li ja s tobom, Uzeire, bit' dvojni, nejmaju više linija u pošti?"

„Haj može, komšije smo."

Neki dan dođe u mene Šaćir, nije mi ulazio od '86.

„Uzeire, bil' mi mog'o tvoj Hike napravit' oni fejsbuk da se povežem sa familijom. Znaš, Uzeire, ja ti nejmam ni interneta…"

„Znam komšija, znam, haj bujrum!"

POSL'O ME BABO

Imal' mi šta mrže neg' kad mi pošalje maksuma sa šerpom prvi dan nove godine:

„Poslo me babo da mi naspeš rasola!"

BAJRAM BANKA

Upozorenje za najmlađu raju iz naše ćikme, k'o biva sokaka!

Nejdite kod Sevde i Šuhre tamo bajram banke nejma. Sevda daje kocke šećera, a Šuhra orahe, dunje i kašikice đulbešećera. Zaobiđite i Fehimovcu, kod nje morate prije banke pojest' baklavu, a bogami i ružicu. Ne tražite Kemu niti Kemalovicu, kod njih su i za Bajram zatvorena vrata, a kod Šemse morate prvo očetkat' pantole od zemlje i blata.

Nego brže bolje, nakon Bajram namaza, pravo kod Ćamilagince, dok joj nije nestalo krupnijeh para.

DŽEKO, VEGETA I POMIJERANJE SAHATA

Gledali Fata i ja rukomet i naši,bome izgubiše. Veli u mene Fata:

Morali su izgubit kad nije igro Džeko.

Drugi put gledali fudbal i naši, bome pobjediše, kad će ti ona meni:

- Eto vidiš, Uzeire, kad igra Džeko naši uvijek pobjede!

- A ženo draga, ne more Džeko svuđe, i u rukomet i u košarku, nije *Vegeta.*

Legli mi spavat',vidim ona ne spava, reko' da nije bolesna.

- Što bona ne spavaš?

- Moram čekat' do dva, da pomaknem sahat!

Naumpade mi moja nana Subhija, kad se ono prvi put pomjer'o sahat, bila pametna žena, ali ovo nikako nije mogla skontat'.

- Ila' ukrali su nam jedan sahat, ko će nama sad taj sahat vratit', i nemereš je ubjedit.

Tek je sad razumijem, ko star insan pa mu je svaki sahat zabremedet' i zauhar.

Ustali mi popili kahvu, reko' Fati:

- Odo' do halvata da nešto donesem, a ti pomakni sahat.

Vratim se, kad ga ona pomakla sa jednog zida na drugi.

Alahselamet!

U KAHVIĆU

Odvede ti Hike Fatu i mene u kafić.
Dođe konobar pitat' šta će te popit'.
Reko' koktu.
Hike uze kahvu.
-Šta će nana?
- Jupi!
- Čegaaa!
Kaže Hike konobaru:
- Ma, donesi joj Fantu.
I mi je počesmo zafrkavat'.
– Ma, pusti te me bogavam, kad sam ja zadnji put bila u kahfiću '72, ne znam jeli onda i bilo kahvića.

HURMAŽICE

Neš mi vjerovat', svunoć smo ti Fata i ja deverali sa hurmažicama.

Plivaju u agdi, a neće da upiju. Garant se Fata neđe posefila. Do nekih doba mi vazila, što nisu upile, i taman me ufatio san kad ona skoči i eto ti je nosi mi hurmadžik da probam je li upilo agdu u tri po po noći.

Reko':

- Upilo je, haj spavaj!

Samo da je smirim, a bome joj suhe iznutra.

Živ sam se ufatio kako ću joj rijet da joj hurmažice prvi put nisu ispale.

Odkako joj nisu ispale hurmadžike, u mene Fata povazdan zuji k'o čela i spravlja slatke zijafete, a ljuta k'o lepir, ni mukajeta ni muhabeta od nje. Te ružice, te kajmak pituljice, pa kadaif, đuzlemu, patišpanju, bilesi zulbećiju..

Haman me je dóćerala do inzulina.

HASTA

Bio sam ti, plaho hasta.

Bilesi mi dođe hitna na vrata. Kaže mi onaj hećim:

- Uzeire, plaho te ovo izmorilo sad ću ja tebe priključit na imfuziju!

Ležim ti ja 'nako priključen, ono visi ozgor i kaplje, kad će ti u mene Fata:

- Moj Uzeire, šta će ti to kod nakih paprika!

Donesider ti meni dvije paprike, pa da se ja najedem k'o insan!

BABINE

Pošla u mene Fata na tehvid i nikad krenut'.
Reko': - Neš' bona nać' mjesta.
- Čekam Rabiju, dogovorile smo se da idemo zajedno.
- Aha!
- Ma odo' ja, neće ona ni doć'!
- Sa'će ona, kad ste se već dogovorile.
- Jok, bolan, 'vako sam je čekala i čekala da idemo kod Zulfije na babine i kad je došla, reko': „Moja Rabka ku'ćeš sad na babine, mali joj poš'o i u školu?"
- Haj ti onda pohiti, polahko!

TOM I DŽERI

Vala, ja vam ove dnevnike više i ne gledam.

'Vako sam rahatniji. Jerbo s dnevnika na dnevnik, a ima hin bukadar, pa na kraju, nit' znaš šta si vidio, nit šta si čuo. Svi muhabete isto, al' na svoj način i na svom jeziku, i kako kome paše, a ja stalno odvijam, kontam ne čujem, a ono,bolan ne bio, hin ne razumijem.

Bukadar nakih novijeh riječi, i svak' govori kako je u kući naučio, i odaklen je doš'o, a ne kako bi treb'o.

Nek' oni nama vrate onaj jedan dnevnik, pa da insan rahat zaspe.

Pametan je bio moj komšija Hasan, alarahmetile, on vam je samo gled'o crtani film, a svi iz mahale bi dođi da gledaju Hasana kako on gleda Toma i Džerija, ili Miša Miću i mačka Momčila i crče od smijeha. Inače je bio ozbiljan insan, vazdan namrgođen i malo je govorio, a puno radio, jerbo je imo ženu, Sajmu, koju ništa nije moglo podmirit' da joj bidne dosta i potaman.

Kad bi uniđi u njega, nađi bi ga kako sjedi na minderu, mota škiju i čeka neće li se dat' kakav crtani. Iznad glave, na zidu visi dvocjevka i fišeklija metaka. Plaho je volio lovit'. Svako malo bi otiđi u Kijevo, im'o je neđe vikendicu pored Željeznice i tamo bi se razrahati ,dan il dva, u lovu i ribolovu, sve dok mu Sajma ne poruči da ga traži čo'jek da mu udara pločice. I on ti se, jadnik, namah pokupi i na pos'o.

Radio je i dan i noć, haman je čitavo Saraj'vo oblijepio pločicama, a nije mu trebalo. Njemu je trebalo samo škije, kahve, kakog lovačkog kera, dvocjevke, a najviše od svega Toma i Džerija.

Nešto kontam, da je danas živ, mogo je povazdan gledat' crtane, al' kad bi mu Sajma dala. Nije imo ni še'set, dobi onog pogančera, valjda od onih ljepila, šta li i preseli, i k'o da ga Bog nije dao.

Nešto kontam, odoše svi ovi fini insani i sa njima fini adeti, a osta' ova pogan, da na ovu našu omladinu prenese pohlepu i grabež kao jedini adet na ovom vaktu i zemanu.

TEK SAM SJEO

Ja, ljudi moji, što su ovi dani učestali, a starom insanu je zauhar i zabremedet' svaki sahat.

Što 'no reče Eminovca, prije nije bilo tako. Bio je to vakat kad bi se star insan okreni od ovog Dunjaluka, pa kad bi ga unučad priupitaj: - Kud si kreno dedo? On bi him reci: - Tamo odaklen ste vi došli. Star bi insan malo govori, al' kad bi šta reci, svaka mu je dukata vrijedila. Danas ti moreš pričat', ne znam ti kako učevno, omladina ni mukajeta, svak misli da je najpametniji. U ovaj, ženski vakat, sve se, k'o mensečini, bolje i ljepše. More bit' i da nije tako, nego skakog pendžera gledaš takav ti je i Dunjaluk. Nego ovo sam vam hotio rijet':

Poš'o ja je'nom kod mog Kemice na Maltu. Uš'o u trajvan, a trajvan pun k'o šibica. Ih, reko' da mi je đe sjest'. Stanem do nakog momčića. 'Nako fin, majka ga ubila, rek'o more bit' ustane kad vidi 'vakog đuturuma. Stojim ja i taj vakat, visim na onoj štangi, noge mi popušćaju i ušćaklo me u leđima, a on ni mukajeta. Ko god bi prođi, očeši bi se odame. Reko' sebi, Uzeire, ako izdržiš do Socijlnog vidjećeš i hitnu, a more bit' ti ovaj momak i ustane. Pogledam ga ja još je'nom.kad ugledam na majici mu nešto piše. Ne bidne mi mrsko i turim đozluke, baš da vidim šta 'no piše, a bolje da nisam:

„Dedo! Tek sam sjeo!" Alahselamet, kad ga prije napisa, more bit' kad me je ugled'o, ko će ga znat. Bome ti ja prođo', 'nako viseći Socijalno i dočekah i Maltu. Reko' sebi, dobro si proš'o, e neš više Uzeire, kad osjetih, lijeva mi strana kaputa olakšala.

Mašim se za džep, nejma mi šlajpeka.

SNIJEG

Kad ono, neki dan, udari onaj snijeg i svi čiste oko svojih vrata, samo onaj Arifov Harun ni mukajeta.

Izvuče se kroz onaj snijeg k'o pingvin i niz sokak. Reko':

- Mogo bi očistit' taj snijeg, neće ti ruke otpast'!

„Čist je, šta ga imam čistit', a ionako će se otopit'" - veli on meni i zamače.

BIZA

U nas, u mahali, bio Ibro, lovac, i vazdan drž'o lovačko pašče uskuću i vazdan mu bilo ime Biza.

More bit hin je promjenio bukadar, ne mere pašče tolko živjet', ali je meni bila vazdan ista Biza, smeđi, lovački ker na kanafi što vazdan laje i kojem se vazdan nosi hrana koja se ne pojede. "Grehota je bacat', nosi Bizi. Jedite djeco, nemoj da ja nosim Ibrinoj Bizi."

Odem ti ja u Ibre posjedit', a on sjedi na minderu, mota škiju, a iznad glave mu na sred zida visi lovačka puška, dvocjevka.

- Uzeire, kad će mo u zeca?

- Moj Ibrahimaga, ja ne mogu gledat' svoje krvi, kamoli da zečeve ubijam.

I onda bi mi on ispričaj lovačku:

- Čekam ti ja zeca moj Uzeire, zorom. Ne dišem, a Biza se zategla k'o strijela, onaj rep izvila, čeka da poleti za zecom kad ga ja okinem.

- I okinu li ga Ibraga?

- Jašta radi neg' okinu, moj Uzeire!

Nejma više ni Ibre ni Bize na kanafi.

Sad ti paščad drže po kućama i kad him dodiju, pušćaju ih da po ulici lutaju.

Jazuk!

MORE LI JEDAN OD BIRVAKTILE?

Došla fukara u džamiju i moli se naglas:
„Dragi Allahu, pošalji mi makar 50 maraka".
To čude hodža i uhvati se za džep, kad u džepu samo 30 i dadne ih fukari.
Gleda fukara one pare pa će ti on:
"Dragi Allahu, kad mi opet budeš slao nemoj po hodži, već mi je ukr'o dvajest maraka!"

PISMO OD RAHMETLI TETKE PEMBE

Što mi se nešto podrepilo i zanećalo u zadnji vakat k'o da mi je neko, gluho i daleko bilo, zapis'o.

Računa mi došlo razni', bukadar kazni, za koje nisam ni znao, bilesi kazna što sam na sokaku od kupusa kacu prao.

Ne znam jesam li poš'o ili sam doš'o.

Ja u klin Fata u ploču, Fata neće, a ja hoću, i sve tako.

Jest, sto posto, ovaj naš lijepi Šeher dolina zapisa i sihira post'o. A ima bukadar zavidnog svijeta i uroklijivih očiju. U mene nana, pametna je bila što je vazdan čarape i gaće naizvrat oblačila.

S ahbabima se nisam vidio mjesecima.

Fata u jednoj, ja u drugoj sobi muhabetimo s porukama: jel' prokuhala, pristavider, ili haj gotova.

S familijom isto, jal' žičano jal' bežično.

Trebali bi mi od bh Telekoma tražit' naknadu odvojenih života.

Nego sam vam ovo hotijo rijet:

Juče mi je poštar donese pismo, a nije ni račun, ni plava kuferta od suda, niti kak'a opomena za neplaćenu ratu i uračunatu kamatu. U ovaj vakat, kad vidim poštara, k'o da mi je Azrail doš'o, mog'o bi sve plakat', jer osim pemzije donosi ti samo belaj, a za pisma ti ne treba više ni papir ni plajvaz

Otvorim ga, a sve mi se ruke tresu...

„Dragi Uzeire, kako si ti i svi tvoji, mi smo, fala Bogu dobro što i vama želimo... Evo nađoh vremena da ti odgovorim...“

Radujem se ko dijete.

Pogledam na biljeg, 4. maj sedamdest pete. Na markici drug Tito. Da me neko ne zafrkaje i samnom šegu tjera? Kad ono, sa'š čut':

Pismo od tetke Pembe iz Banja Luke, ona što je haman 20 godina alarahmetile.

TUĐA NAFAKA

Pijemo Fata i ja sabahile kahvu, onu što je neki dan popržila u šišu i ona se kahva k'o čuje na zrno, beli joj je promaklo kad je trijebila.

Ništa joj ne govorim, k'o biva skontaće sama, čim je srkne.

Tako ti i bi.

- Ode ja nama drugu pristavit', ova mi k'o tukne na zrno, veli ona.

Nešto mi naumpade materina tetka Pemba iz Banjaluke. Meščini da se prezivala Tatarevič ili Tataragić, nek' mi ne daju lagat' stari Banjalučani. Ona ti je živila sama sa bratom baš k'o oni Mehremići šta hin nakav katil smaknu i nikad se ne sazna ni ko je ni šta je.

Nejse.

Kad ono bi onaj zemljotres u Banjaluci, poručivala tetka Pemba da dođemo, al' ne odosmo. Slala pisma, a mi ni mukajeta. Daleko onda bila Banjaluka. Umrije joj brat, mi ne odosmo. Malo za njim razbolje se i Pemba i umrije. U mene otac i mati u „Fiću" i za Banjaluku, na dženazu. Vratiše se ljuti. Taj vakat su pričali kako je nakav Braco, vojno lice, prevario tetku i prepis'o na sebe sve što je imala. Sad, je li on nju prevario il' je ona svojom voljom to njemu dala, jerbo je on pazio do zadnjeg dana, a mojima bila daleko Banjaluka. Pričali oni o tom i prestadoše.

Jenom mene mati odvede u Samardžije, a sad Kračule, kako je i bilo birvaktile, da mi pokaže dje se rodila. Veli: - Ovdjen je u mene babo, rahmetli, kahvendis'o kod Bega, u tom ti dođe nakav čo'jek i vodi naku dvojicu, k'o biva prodaje kuću. Kako mu u mene mati reče da se tu rodila, on se k'o pripade, brzom otključa i zamandali za sobom vrata, a mati i ja odosmo u Carigrad na bozu.

Što vam ovo kazujem?

Birvaktile ljudi nisu bili plaho pohlepni k'o danas za imetkom, ali je bilo i onih koji su to koristili i na lahak način uzimali tuđu nafaku.

U tom ti izbi Fata, nosi kahvu i veli:

- Uzeire, što one hanume 'nol'ko ispituju šta je bilo kad smo se vratili iz Fojnice? Šta će bit',malo tuhinjaš i jopet po starom k'o da nisi niđe ni bio. Kaži ti njima nek' one niđe ne idu, najrahatnije su kod svojih kuća, jerbo se insan brzo navikne na rahatluk i hizmet, pa mu bidne plaho teško vratit se na staro.

ZLATAREVO ZLATO

Dojde meni opomena da nisam platio struje, a bome jesam, samo mi niđe nejma one potvrde.

Kad insan nešto traži, nikad nać', k'o da mu kakav šejtan, naletosum, sakrije, a sve mu potura nakije, hejbet brezposlica. Tako i ja, udarih na testament od moje, rahmetli nane:

„Ja, Subhija Arnautović, rođena Novalija....ostavljam mom najmlađem unuku Uzeiru Hadžibegu... pri zdravoj pameti...: 2 ibrika, leđen, srebreni ćirak, 39 lengera, 2 ajakli-sahana, tabla demirlija, velika demirlija, obična tendžera, velika tendžera, veliki kazan, haranija (mali kazan), 2 mala sahana, sofra-peškir, bošća, veliki srebreni nož, mali srebreni nož", i tako hejbet suđa i posuđa, i neđe pri kraju stoji: „Almasli grana, lepir, na čuvanju kod Hajrudina Novalije...."

Spremim se i na vrata. - Ku'ćeš to Uzeire, pita Fata, jes to naš'o potvrdu?

Reko': - Jesam!

Ja niz sokak, a sve dumam:

Znam, rahmetli Hajrudina, plaho pošten čo'jek bio, al' ko zna kak'i su mu sinovi i unuci i jesul' mi sačuvali almasli granu od rahmetli nane, kad onaj nalet Mute pridame, i iskezio se iz onog avta:

- Aaaa, Uzeire, legla pemzija, pa se pošlo na sudžukice, a ne zoveš jarana!

- Šta ću te zvat', nalete, kad sam dolaziš.

I ja se izbirik'o i sad mu umijem odgovorit'.

- Hajd upadaj, ako ne žuriš!

Bome, uniđo', i velim njemu:

- Odo obić familiju.

Dovuče me do hotela „Evropa" i viče mi:

- Tamo su ti Novalije, u Zlatarskoj.

Ja uniđo', i kažem tako i tako. Kaže on „sačekajte" i ode po naku knjigu, ima joj sto godina, i tabiri po njoj...

- Evo ga, Subhija Arnautović, almasli grana, lepir. Jest, Uzeiraga, u nas je, mi to čuvamo. Moj dedo, rahmetli Hajrudin, zakleo mog babu i amidžu, a oni nas da sve čuvamo ko god šta donese dok taj ili neko njegov ne dođe po to. Imamo nakita od 1920., što niko nije doš'o po njeg' i sve nam stoji u ovoj knjizi.

- Ačkosum!

- Hoćeš da ti je mi donesemo, ili ćeš ti doć po nju?

- Neka je u vas, sigurnija je nego u mene. More bit' i moj Hike dođe po nju il njegov unuk, kad ste tak'i hairli.

Vas rahat, krenem ja kući i kontam, ne mogu više na nogama, da hoće onaj nalet Mute odnekle izbit'. Jesi li na šejtana pomislio, eto ti ga.

- Upadaj Uzeire, vodim te na jedno mjesto!

- Vala hoću, tamam me jopet na šanu odveo, estakfirula!

KRIV JE NAROD ŠTO IH JE NAVADIO

U nasm u mahali, bila Zumreta što je namješćala slomlje-
ne ruke, želuce, a bome i leđa, kad bi koga ušćakni,vadila svije-
tu prljavštinu iz očiju i još svašta nešta, što danas ni hećimi ne
znaju.

Nikad nikome nije banke - dinara uzela.

Tako i Namka, što je salijevala strave i liječila od sugreba.
A kod Hanumice, plaho pobožna žena bila, bi se, pred Ramazan
red ufati, ljudi naručivali Hatme, donosili joj i pare i peškeše, a
ona bi him reci:

„Moj sinko, ni 'vako se ne zna hoće li ova moja Hatma bit'
primljena kod AlLaha Dženlešanuhu, a ako ti uzmem te pare,
ondak neće sigurno".

O bulama i hodžama da i ne govorim. Prič'o mi moj Ke-
mica sa Malte kad je u ratu bila dženaza njihovom ahbabu, šehi-
du: „Završi se dženaza, moj Uzeire, i otac od onog momka, nije
mu mali im'o ni dvajest godina, dade naku kufertu i onaj hodža
je uze. Mi ga pitamo, šta mu to dade, kaže on red je da se hodža
plati. Ma rek'o ja onom hodži, 'vamo te pare smradu jedan i
nabijem ga nogom iz sve snage, spade mu i ona ahmedija, da je
hiljadu grijehova. Vratim one pare ocu, kad će ti on meni; 'Podaj
mu te pare, moj Kemale, nebi ih sebi nikad halalaio'. Odnesem
mu one pare, moreš mislit', Uzeire, uze ih, smrad.

Jes, moj Kemo, nisu oni krivi, već narod što hin je
navadio.

FEKALIJE NIZ SOKAK, FEKALIJE UZ SOKAK

Stanem malo s komšijom Atifom na sokaku da promuhabetimo, kad eto ti komšije Bakira uz sokak...

„Mer`aba Uzeire, me`raba Bakire". Atifu ni mukajeta. K'o da ga nejma, ma ko da ga ni Bog nije dao.

- Asli vas dva, k'o da ne govorite!

- I ne govorimo moj Uzeire i to od '84.,haman od Olimpijade. Znaš ti da se Bakir vazda petlj'o u vlast dok se nije dobro upetlj'o. A u ono doba nije mogo dobacit' dalje od predsjednika mjesne zajednice. U svašta se petlj'o. Jednom se u mene začepila kanalizacija i ja izađem na sokak i probijem cijev, da očepim, kad eto ti Bakira uz sokak.

~Atife, kake su ovo fekalije niz sokak?"

- Fekalije niz sokak, fekalije uz sokak!

On se samo okrenu i ode. Otad ni selam da mi nazove.

Nije prošo ni mjesec kako ovo bi, kad eto ti Bakira uz sokak i pravo na mene:

„Uzeire", veli, a unio mi se u lice i sve k'o šapće, „pazi ti, Uzeire, šta laprdaš, mogli bi mi i tebe pozvat' na saslušanje.

Ja se malo k'o zbunih al' se brzo pribrah pa mu rekoh,a namo njemu:

- Slušaj ti Bakire, privodio si ti nas i saslušav'o i unoj vakat, a vidim moreš i u ovaj, al' ću ja govorit' kako je hak i pravo pa ti privodi i saslušavaj kol'ko ho'š.

On se samo okrenu i ode niz sokak, k'o biva ljut, a ja nemogodoh šutit', pa za njim iz sveg glasa viknuh:

"Fekalije uz sokak, fekalije niz sokak."

ODAKLEN VIŠE

Beli što ovaj naš čo'jek zna uštedit', to ne zna niko, a bome zna i potrošit', a najbolje od svega znade sakrit' od'klen mu pare.

Tako u mene amidža Salih, kad god bi šta kupi dođi bi u nas da se, k'o biva, opravda:

„Ma to je od onih para od Muamerovog suneta".

Od'klen hin više izvlačiš, dragi amidža!

DAN ŽENA

Prve godine, kad smo se uzeli Fata i ja, za 8. mart sam joj kupio, bilesi, dvije metle, jednu za pokući, a drugu, brezovu, za avlije.

I tako svake godine do dana današnjeg, nijedne nisam preskočio.

Jedne godine, đevđir, pa tenđeru, pa elpezu, gramofon, haber kutiju, pa sve do usisivača.

Jutros na kahvi, kaže meni Fata:

- Uzeire, ti za svaki 8. mart uzimaš nešto za kuće, vakat je da uzmeš nešto i za mene.

Živ sam se ufatio šta ću uzet' Fati za 8.mart, pa zar joj i dosad nisam uzim'o?

Pomagajte žene, ako Boga znate!

Dok sam ja s mindera u halvat, nakav šejtan, naletosum, pomete mi onaj muhabet, il' se Fata brišući prašinu posefila, pa rek'o da ponovim.

Jazuk nakog eglena.

Uzmem ja Fati miruh za 8. mart i bi me sramota pronijet' đule kroz sokak, pa rekoh Mutetu taksisti da mi kupi jedan buket, al' da niko ne vidi.

Zove me Mute, kaže:

- Uzeire, puk'o mi kvar u avta, haj pohiti do Vratničke kapije, dok ti nisu ruže uvehnule. Nazujem kaloše i pohiti - polahko. Dok sam se vrać'o ufati me nako rumenilo, meščini bio sam ti rumeniji od onih đula. Reko', ugledaće me Šekjurovica i puče bruka po mahali. Prolazim mimo svijeta, niko ni mukajeta što ja nosim đule hanumi za 8. mart. Vas u znoju zakoračim u avliju, zove me Mute iz avta:

- Eto vidiš, ba Uzeire, nije to više sramota k'o prije.

Ugursuz, jope me nasamari, a im'o je pravo.

Obradovala se u mene Fata koda sam joj ne znam ti šta donio. Odsle znam kako ću.

Nije đabe Fati mati vazda govorila:

„Čuvaj čo'jka, pusti djecu, djeca odoše, a vi ostaste jedno drugom".

STARA SLIKA

Gledam ti ja naku staru sliku:

U mene, rahmetli dedo Atif, krojač iz Sarajeva, mlad je umro, slabo ga i pamtim, i njegove šćeri, u mene mati i tetka. Pitam ja, rahmetli nanu Subhiju, što tebe nejma na ovoj slici?

„Onaj tvoj dedo umoto me k'o fišek, samo mi oči vire i zove me da se slikamo. Reko', vala neću, moreš povest i Arifovcu i Bakirovcu ili Magbulu, koju god povedeš, svejedno ti je, svakako se nijedna ne vidimo.

ŽIČARA

Znade li iko hoće li šta bit' od one naše Žičare, jerbo se ja, ne'š mi vjerovat', nikad ne provoza u njojzi, a saš čut i što:

Kad je ono sagradiše pedesetdevete, a more bit' i šeseta, svijet navalio k'o mahnit. Ufatio se red, haman do Pivare. I haha i haha...dojdo smo mi bome na red. Uniđoh ja prvi, reko' da prifatim djecu, a ona gondola ljulja li ljulja. Kad se onaj moj mlađi raskrivi pred on'likim svijetom k'o da mu kožu gule. K'o biva neće unutra, prepo se. Jamim ga 'nako pod ruku, da ga unesem, a on se ufatio rukama za vrata a nogama zapeo. Ne mogu mu ništa. Zagalami onaj svijet, k'o biva da krenu i mi moradošmo izać'. Još smo ga sahat ubjeđivali, ma ni čut', namah vriska i cika.

Otad više i ne dosmo, a meni osta' ah da se provozam žičarom.

DRAGO BRICO

Kad god bi se hotio podašišat', ne bi mi bilo mrsko taban - fijakerom do Mujića,a tamo Drago brico.

Kaže ti on meni:

- Uzeire, u tebe ova glava pogolema, k'o Cocin bubanj, haman k'o globus, ne mogu ja tebe šišat' 'nako!

- Nego kako ćeš moj Drago?

- Kako se pogodimo, moj Uzeire, ho'š po kvadratu il' po satu!

Jes valahi, kod Mujića se najviše išlo radi šege i muhabeta.

Kad bi njih dva mahmurali, nije bilo šišanja, samo brijanje, a mor'o si se sam obrijat'.

Jednom se nakom žurilo i on se sam obrijo i ostavio cenera na hastal.Kad će ti Drago:

- Vidi šupka, ode, a nije majstoru ni bakšiš ostavio".

Kad bi koga nahakareti znao bi reć':

- Halo, ba nisi ti Čola da ti svaka frizura stoji!

UZ MAHALU, NIZ MAHALU

U nas, u mahali, nije bilo haman kakih podstenara.

K'o povisoko, a i kućice bile pomalehne i trošne ćerpićare, a sobičci pomalehni i unilazilo se u njih sve je'nu kroz drugu.

Jedino je komšija Abid vazdan im'o podstenare.

Nije zato što mu je trebalo radi kakog šićara, neg' što nisu imali svoje djece, k'o biva zbog radi društva, da him je običnije, šta li? Ne znam i je li him i naplaćiv'o što su u njeg' bili, prije će ti bit' da him je i od sebe davo i pomago, ko će ga znat'. Bidni bi u njih po koju godinu dok ne dobiju stan od preduzeća, jal' na Alpašinom jal' na Dobrinji i odoše, a Abid i Abidovca bi po taj vakat tuhinjaj i žali za njima sve dok ne dođe kakav novi. Onog bi starog namah zaboravi kol'ko bi se zabavi da ugode novom. Podstenari bi se vazdan vraćaj u mahalu, kažu uguši nas haustor i beton ne meremo dihat.

Jenom dođe u njih Agan sa Sokoca.

K'o biva da završi kakog zanata. Bome se on i oženi u Abida. Dovede Enisu iz gornje mahale. Ona mu donese u miraz ćilim, što ga je curom tkala i u velkoj kanti hadžibega. On je imo kredenac i koher, a bilo, bome i ljubavi, pa him više nije ni trebalo. Sve dok Ago ne poče pit' i lutat' s jaranima. Kad god bi se Ago vrati iz skitnje, Enisa bi dobi degenek i osvani bi sa šljivom na oku. Nije dala rijet da je Ago izdegenečio. Kad bi joj dokundisalo ona bi pošalji kakog maksuma u gornju mahalu po brata Ševkiju, smotaj bi oni ćilim Ševkiji na rame, pogolem je bio, a Ševkija sitan, pa bi se sav savi pod onim ćilimom dok bi ga iznesi u gornju mahalu. Tako bi danima tuhinjaj u matere i čekaj da joj Agan pokuca na pendžer i samo rekne:

„Hajmo, kući, polazi!"

Agan ode, a ona ti sa hažibegom na kuku, a za njom se savijo brat joj Ševkija pod onim golemim ćilimom. I tako godinama, sve dok je'nom Enisa ne posla maksuma po brata, a maksum se vrati sam:

„Poručio ti je buraz da moreš doć' al' brez stvari, kaže da je kilu fasovo od tvog ćilima i hadžibega, a svakako ćeš se i vratit'."

ĆAMILAGINICA

E, moj Uzeire, što ti je ovaj star isnsan, škripe kosti i pucketaju k'o u ka'ke harabatije. - Ova se zima otegla k'o teravija, neuzubilah, da ih je đe kako izgrijat', veli u mene Fata, na sabahu uz prvu kahvu.

- A moja ženo, đeš hin izgrijat', jedino u Reumalu u Fojnici hin moreš rasparit', pa kad se vratiš onda još gore škripe, alahselamet, velim ja njojzi.

- Sjećaš li se ti, Uzeire, kad sam ono sa mojom jaranicom, Ćamilagincom rahmetli, bila u Neumu u hotelu Sunce. Haman, što nam je bilo plaho, jedino nas onaj njen unuk Harun, bihuzurio, bi plaho hašarijast. Mi bi ti onim konobarima reci, sve šapatom, da nam ne turaju svinjetine. Je'nom mi čekamo da nam donesu doručak, puno sve, a onaj konobar gura kolica, svašta na njima, a tišina, valjda narod čeka, gladan, ni muha se ne čuje. Ja kad se onaj njezin Harun razdera:

„Nano, ene ga krmetina, nu krmetine, nano!"

Kad nismo u zemlju propale.

Moj Uzeire, što je ona moja Ćamilaginca bila insan i džomet, aman Jarabi, nejma više nake žene nit' će je bit'. Oni su ti bili iz Bijelog Polja, srodili se s mahalom, a ne k'o ovi danas, kad dojdu da hin je sve posvom...

- I jest, valahi, ono se više ne rađa, vazdan je po mahali kese nosala, k'o da djeli kurban, sve od kuće do kuće. Onaj joj stariji sin Ruždija im'o mesaru, pa vazdan bilo mesa. Nama je donosila sudžukice, plahe bile, nejma hin više nakih ni kod Hodžića, a kamo li đe drugo.

- Sjećaš se ti kad ono ona u mene je'nom ostavi kesu punu sudžukica i ćevaba, k'o biva kad se vrati da je ne nosi. Po belaju mene viknu kona Sajma da joj nešto pomognem, a djeca kako dolazila iz škole, gladna, nađoše one sudžukice i stadoše hin cvrljat' i maštrfit' do zadnje. Vratila se Ćamilaginca po kesu, ja je tražim, niđe kese. A moj Uzeire, kad nisam u zemlju propala. Ala joj rahmetile, ona će ti meni:

"Ma pusti Uzejrovice, maksumi su to, donijeću ja njima još čim Ruždo napravi!"

A HLJEB JOJ BIO K'O DUŠA

Taman Fata pristavila drugu džezvu, i nasula kahvu, kad zatrese, umal' mi findžan ne ispade iz ruke.

Nego nije to što sam vam hotio rijet...

Doš'o u nas Hike, Fata tek ispekla hljeb od šeničnog i ražovog brašna, k'o duša. Haj, kaže da nešto pojedemo s ovim somunom. Odmotala vruć hljeb iz krpe, ja ga izrez'o, svak' uze krišku, kad će ti naš Hike:

- Što se u vas vazda hljeb čuje na krpu?

- A -a, na šta će se čut dragi Hikmete, veli Fata.

Nije ona to ni izgovorila, a on se nastavi:

- Ma, ne znate vi ni kuhat', sva vam hrana ima isti okus po vegeti, svuđe je turate, bilesi u pitu.

Kako nam to reče, Fata i ja ne progovorismo ni riječi, dumamo i gledamo jedno mimo drugog dok se nekom ne otme uzdah:

- Jah!

Hljeb bio k'o duša...

Jah, šta ćeš...

DA MI JE ZNAT' ŠTA LI SAD PRIČAJU O SARAJLIJAMA

Kad god pogledam na izvan udarim na komšiju Reufa.
Podlaktio se na otvoren pendžer i puši li puši.

Mene i ne gleda, a be li me je vidio. Kad bi kakav slikar naslik'o našu mahalu ne bi je insan, more bit', ni prepozn'o da na njojzi nejma Reufa što se nalaktio s pendžera i dudla li dudla.

Pita mene Fata:

- Hoće li onaj naš Reuf ikad ispušit' onu cigaretinu, asli štikla sve je'nu na drugu?

-Pusti, reko', ženo, drag mu duhan, a be li mu hanuma ne da u kući pušit' da joj ne začadi store i da ne mora krečit' svake godine.

Ustali mi na rani Sabah, niđe svjetla nema. Pogledam kroz pendžer i ne vidim Reufa, samo žiška svjetli u mraku k'o svjetlica. Smanji se, pa pojača k'o da nekom daje kakav znak.

- Jel' ust'o Reuf? - Pita mene Fata.

- Jašta je neg' ust'o, asli on i ne spava, nejma kad, mora pušit'.

- Neka nama Reufa, da nejma njega ne bi insan im'o o čem' divanit'.

Naumpade mi, u mene, rahmetli nana Subhija, kad bi nam ispričaj kako su u nakom selu oko Sarajva pitali hodžu:

„Ima li u Dženetu duhana?"

Veli hodža: „Nejma i ne treba vam tamo duhan."

„A, ima li u Džennetu Sarajlija? - Nastaviše se oni.

„Bezbeli da ima",veli hodža.

„E, ondak će oni nabavit' i duhana".

Da mi je znat' šta li sad pričaju o Sarajlijama.

PRAZNIK RADA

Tamam Fata iznijela kahvu na čardačić, kad telefon.

Ko će ti bit' na sabahu?

Moj Kemica s Malte:

- Sretan ti, Uzeire, Praznik rada!

- Moj Kemale, sretan tebi, a ja sam i zaboravio kako je radit' odkad sam u pemziji.

- Nemoj tako, Uzeire, i tebi je praznik i ti si bio radnik.

- Bome jesam i to kakav, dana bolovanja nisam uz'o, znao sam pod vatrom ić' na pos'o, a nisam mor'o k'o vi danas. Neg' takav bio adet, svi radili, a ja da ležim, malo je toga u Titin vakat bilo. A sad, ha na bolovanje, namah vas otpušćaju, ne smiju vam žene ni zanijet'. A kad bi dođi Prvi maj, jal' na Vrelo Bosne, jal' na Trebević. Narod se veseli, ne k'o danas, sve nazor. Zadnji dinar dadoše na rakiju, mezetluke, okreću janjce, a ondak jedu poparu do kraja mjeseca. Alahselamet. A nejmate vala rašta ni teferičit', ni proslavljat' kad, meščini i nejmate kakje ni prava k'o što smo mi imali.

- Jes, vala, Uzeire, imaš pravo. I ja sam ti doš'o tobe, ne idem više na uranke, neg' ti ja, i u mene Munevera, ispržimo malo ćevapa i sudžukica na balkonu, ohladimo mehku i oćejfimo. Plaho nam bidne, a ima se ščim i do kraja mjeseca.

- Bezbeli, moj Kemice, što bi rek'o u mene Hazim: „Ko sve potroši na zahiru popeće mu se guzica za vrat!"

MLADOST

Sinoć, kad se vraćah sa Jacije namaza, ugledah na jaliji se iskupili naki momčići, tek se oguzali, pa se sjetih kad bi se mi, birvaktile, 'vako iskupi na istom mjestu, a otale jal' u zijan, jal' u sevdah i ašikovanje.

Gledam. Meščini ne znam nikog.

Da su him matere i očevi s njima znao bi, 'vako ne znam, jerbo, danas ti nikog ne smiješ ni priupitat': „Čiji si ti mali?" Ko što je prije bio običaj. Ako ti se sam javi i rekne, dobro i jest, ako ne, bolje ti je gledat' svoja posla. Haj, reko', nazvaću selam, pa ode svojoj kući.

Nisam to ni pomislio kako treba, kad će ti oni uglas:

- Akšamhajrula čika Uzere!

- Alahrazola, i vama akšamhajrula, reko' i bi mi plaho milo što se znaju upitat'.

Veli mi, onaj jedan, najveći među njima, asli him je on harambaša:

- Mog'o bi kad i nas spomenut' na Fejzbuku, čika Uzeire, haman si čitavu mahalu izred'o, a nas nigdje. Ma vala, mi ti i nismo na Fejzbuku, neg'...

I reče on đe su, jal' ne čudo dobro, jal' ne razumi, a prije će ti bit' da nisam razumio šta mi 'no reče. Znam samo da je nešto oko vage, k'o gram, k'o kilogram, ne umijem ti kazat'. Nejse. Oni su ti našli naku drugu zanimaciju, jerbo hin roditelji špijuniraju po Fejzbuku, i ako nađu curu, namah lete da se, k'o biva, sjarane sa njom ne bi li što više saznali o njojzi i o njenoj familiji.

75

I tako ti ja s njima taj vakat, mog'o sam i Rani sabah doče-kat' kol'ko mi je plaho bilo.

Pita me onaj jedan, meščini, najmudriji među njima, jerbo je sve vrijeme šutio dok nije ugrabio pravi vakat:

- Hadžibeže, de ti nama reci šta je najvažnije u životu pa da dočekaš, tako k'o ti, rahat, duboku starost?

Bome se ja dobro zamislih. Nasta tišina, Mog'o si čut' struju što zuji kroz žice s bandere na banderu. Reko', 'vako:

- Treba ti neko da ga zabegenišeš, al' ne svak', neg' neko ko će i tebe begenisat'. Kad se zabegenišete, tad će te se po-štovat' i pazit', haman čitav život, jer brez tog ne ide. Morate svakom ko vam je nanio kakav belaj i nepravdu halalit', al' pa-metno. Halalit' i zapamtit' da vam ne bi to isto jope napravio. Vjeru imate, ona vam je data rođenjem. Primate je glavom, a vjerujete dušom, i nedajte da vam je pokvare i pretvore u mržnju prema drugim vjerama. Kad sve to imaš imaćeš i nadu, jer brez nade nejma ni života. Mog'o bi vam 'vako vazit' do sabaha, al' moram pohitit', morebit' mi Fata zaspe, a nejmam ključa. Haj, Alahimanet.

I oni odoše jal' u zijan, jal' u sevdah i ašikovanje, a ja svojoj kući i svojoj hanumi. Nešto kontam, svi na ovu omla-dinu, a bome su ti oni isti k'o što smo i mi bili u njihovim godi-nama, samo treba znat' s koje him strane prić', ako imaju imalo pameti.

„Samo budali ne prilazi ni sjedne strane", što bi rek'o moj Hazim, „inače ćeš sam sebe matirat' u tri poteza".

STAROST

U današnji vakat starost vam dođe k'o ka'ka bolest, otegne se, dodije, što 'no kažu i Bogu i narodu.

A star insan hoda kroz život naopako.

Za njeg ti je naprijed nazad, a nazad k'o naprijed. Kako god, ode tamo otk'len je i doš'o. Sve mu se izmješa i ne zna više šta je bilo, šta je sad il' šta će bit'. Od'klen će i znat' kad ga prošlost češe, baš k'o da mu je neko otkin'o ruku. Ruke nejma, a njega češe li češe i more mrdat' i prstima, al' ne more ništa jamit'.

Prije je bilo drugačije.

Star se insan plaho poštov'o. Mladima nije pristajalo unilazit' u društvo starijih i mješat' se u njihove razgovore. Mi smo se sastajali na merajama, a ženskinje po avlijama. Tamo bi se ljuljaj na ljuljaškama i pjevaj bi lijepe pjesme, ne samo zbog radi sebe, neg' i da momke draškaju, jer znaju da ih oni iza taraba prisluškuju. A kad bi ka'ka starina naiđi, namah bi svi na noge skoči, dotakni bi desnom rukom prsa, usta i čelo, k'o biva pozdravljam te srcem, izričem pozdrav ustima i dajem ti čast umom svojim. I ako nam učini čast da zastane i promuhabeti koju s nama, haman Jarabi, miline. Mi bi čekaj da on progovori i niko mu se nije petlj'o u govor, neg' samo ako te šta priupita. Mi ga gledamo raširenih očiju, a iz njeg', k'o da nešto sija, more bit' što je završio sa ovodunjalučkim poslovima, pa se okreno onom, ljepšem Dunjaluku i ta ga svjetlost obasjava.

Kol'ko sam puta pomislio, Bože moj, kad ću ja ostarit' i 'vaki se ukazat'.

I evo, ostarih, ali se vakat promjeni i starost ti dođe, ne k'o nagrada, već k'o kazna na Dunjaluku dje obraza i poštovanja više nejma. I mogu vam vaši ostavit' ne znam ti kakav imetak. Ako vam nisu ostavili scrce i dušu, k'o da vam nisu ništa ni ostavili.

Eto to sam vam hotio rijet, pa vi vidite.

JEDINO MI OD TEBE IZ BOSNE BOSNA ZAMIRUHI

„Star se Ćurčić pomamio bijelu bradu obričio dok Almasu primamio...“

Dumam ja tako o Ćurćići i Almasi, kad će ti u mene Fata:

- Uzeire, telefon, k'o da je vanjska, prekida nešto.

Ko će ti bit', moj Omer od Amsterdama.

- Uranio, reko', Omeraga, odkud tebe?

- Moj Uzeire, ja najvolim stobom promuhabetit', jedino mi od tebe iz Bosne Bosna dođe i zamiruhi. Sve ostalo iz Bosne što mi dođe je kuknjava, iskanje, jad i čemer.

- Spremaš li se, moj Omere?

- Spremam, moj Uzeire, u mene žena tri mjeseca prije godišnjeg počne kupovat', a čim počne mene namah ufati naka neuroza i srklet i drži me sve dok ne dođem u Rogaticu, u moje selo. Kad udahnem onu našu havu namah me prođe i neuroza i srklet, zaspem k'o insan, prvi put nakon tri mjeseca. Čim him podjelimo, šta smo donijeli, jopet me počne fatat' neuroza i nakon sedam dana poželim da se vratim nazad. Ne mogu ti više duret', moj Uzeire, kad me počnu, da izvineš, podjebavat'. A kad se vratim ne mogu ti sebi mjesecima doć' od nakog jada i čemera. Neg' šta ćeš da tebi i Fati donesem, kak'u haljinku il' šta god?

- Ma jok, Omere, ne treba ti nama ništa, sem zdravlja. Eno nam ormari puni, ne znam hoćemo li i ono iznosat'! Nego, mogla bi i ova moja knjiga izić' dok ti dođeš, pa da je poneseš kad pođeš.

- Ostavi ti meni, Uzeire, jedno sto komada da ponesem ovom našem narodu ovdje.

- Ne znam moj Omere hoću li hin tol'ko i štampat', ko će to čitat'?

- Šta sve štampaju, moj Uzeire, ova će tvoja knjiga bit' ko Ilmihal i Sufara za nas Bosance u tuđem svijetu.

Bome, bi mi plaho slušat' Omera, milina kad te ko fali.

Što bi u mene Hazim rek'o:

„Kad te ko fali, malo ko u to vjeruje, a kad te ogovara, namah mu svi povjeruju".

ADET

U mene svaki dan počme sa namazom, kahvom i muhabetom.

Izmeđ toga je bukadar sitnijeh adeta koji su poredani k'o niska bisera.

Ako jedan biser zafali na njojzi nije to više ona ljepota, već nakarada što bode oči. Sad će neko reć':

„Lahko je vama redat' bisere u nisku, kad ste vas dvoje sami i kad morete sve po istilahu."

Tako je bilo i dok nam je bila puna kuća. Ako sam mor'o na pos'o u sedam, ustani bi u pet, pa bi sve ove adete obavi, pa rahat na pos'o, da ne bidnem težak ni sebi ni drugima. More bit' su nas zato svi begenisali, jerbo, kad je insan rahat sa sobom, ondak je rahat sa svima.

Nejse!

Bidne tako dana, k'o što je ovaj, kad sve krene naopako, a kad je'nom krene naopako, baš k'o kak'a, ne d'o Bog, nesreća nikad ne dođe sama neg' se nadoveže je'na na drugu i šta god insan uradi bidne samo gore. Ne mereš ti tu ništa neg' pustit'. Proć'e to samo.

Sa Ranog sabaha, ode, reko' uzet' kašiku meda, nešto me k'o probada između plećki, k'o kak'a sandžija, šta li? I u prsima me steglo, pa se sjeti naše Srme, reko', kako li je njojzi deverat' sa zaduhom. Vidim Fata sve poredala za kahve, pa ošla malo pomest' ganjak dok ja ne ustanem. Plah bi ovaj med, moreš mislit', u satu, donio nam Šefko iz Glavatičeva, jes mu malo poskup, trijest marki, ali je brate i zdrav. Kaže meni Šefko:

- Uzeire, ove ti 'čele nikad u životu nisu omirisale ni avta ni benzina, kamo li šta drugo, pa ti vidi.

I ja ti navalih kusat' onaj med, meščini da sam tri, jal' četiri kašike jamio.

Dođe i Fata da pristavi kahvu i po nesreći za onu kašiku što sam ja sa njom kus'o med. Vazdan je imala običaj otrat' palcem kašikicu, kol'ko god ona bila čista, prije neg' će zasut' kahvu. Ja kad poče rondat':

- Hrsuze li nijedan, od v'liko kašika ti za ovu moju i još mi je poturio pod nos... Prisjede mi i med u satu i kahva!

Rondala je na me' sve dok joj, srećom ne dođe Semka, jaranica iz Faletića, da posjedi. Nisu se vidjele, haman od rata, pa se raspričaše uz kahvu i Fata zaboravi i na me' i na kašiku, a ja se izvuko'.

Reko', ode ovo zapisat', more bit' se neko nađe i u ovom, ko će ga znat'.

U TOM TI SE I SARAJ'VO UKAZA

Pijemo Fata i ja kahvu u nas, na čardačiću, šutimo i če-kamo kad će nas sunce obasjat' i ka'će nam se Saraj'vo ukazat.

I kad šutimo mi je'no drugom nešto kazujemo.

Ja je, k'o biva pitam, što je 'nako na me' rondala i jel' još ljuta, a ona odgovara šutnjom:

- Bezbeli da sam ljuta dok ne progovaram, al' bi se namah odljutila i progovorila kad bi ti progovorio prvi.

E, vala neću, jerbo znam, ako ovo potraje da će ona prva progovorit'. Umijem i ja bit' ters.

Tako ti i bi.

- Jesi uz'o meda, eno sam ti pripremila i stavila čistu kašikicu na krpu?

- Jok ja, prošla me je zaduha, a i onaj mi sat ostane u usti-ma, nikad se rastopit'. Treba reć' Šefki da donese običnog meda, plaho mu je dobar čim 'nako ujede za želudac.

- Jes' vala.i meni se zalijepi za zubalo, pa nikad kutarisat'.

- Šta ti priča Semka, imal' šta u nje novo?

- Nejma, vala ništa, sve po starom, onaj joj njezin Ekrem ne da pare u ruke, pa ne mere niđe hodat'. Kad šta treba za kuće kupit' on ide sa njom, i on sve plaća. Odkako je ono opremila gornji sprat sestriću i dan danile otplaćuju dug. Sve pare podjeli svojoj familiji, kaže, ne mogu hin moja Fatima gledat' da se 'nako pate, srce mi se para. Reko', moja Semka, odklen ćeš him davat' kad nejmaš ni ti. Džaba, moja ti, moram him dat', taka sam ti. Kaže, onaj moj mali od sestre, Amar, im'o vel'ku želju da ode na ekskurziju sa školom, a od'klen,moja ti, kad niko ne radi, te mu ja, kad je ono u mene Ekrem donio regres, sve one pare dam i d'jete uplatilo I bome o`šlo.

Kako si smjela od Ekrema bonićko?

Nisam ga ni pitala, moja ti, ko da bi mi i dao. Sjećam se dobro bilo ljeto, plaho vruće i ja napravila limunada, sva ona tri limuna što sam imala u kući isc'jedila i stavila na sto. Reko' kad Ekrem dođe da mu nalijem, ne bi li se smirio kad mu reknem za pare od regresa. Kad mu reko', moja ti, vidim ja na njem' nešto će mi uradit', i ja ti se, k'o fol onesvjestim. On se prepade, zove me: Semka, Semka, šta ti je!? Uze onaj bokal sa limunadom, reko' sa'će me zalit' sa njom i ja skočih, reko' ne prosipaj Ekreme, bolje mi je. Žao mi bi 'nolke limunade moja ti.

U tom ti se i Sarajvo ukaza i mi zaboravišmo i med i Semku i Ekrema.

Ne mereš od ovog meraka i ljepote pred očima ni našta drugo ni pomislit'.

DEVER DUNJALUK

„Zapjevala sojka ptica misli zora je, haman,haman..."
- Ustaj Fato, ustaj zlato, eno kahva gotova.

Zapjevam ti ja mojoj Fati na sabahu, a već pristavio u onu vel'ku džezvu i pripremio nam po lokum da se rahat ispričamo i zaboravimo tersluke od neki dan.

Kontam nešto na ove današnje hanumice, ne do mi dragi Allah sa njima deverat'. Nisu više žene ko što su nekad bile, a meščini nisu ni muškarci.

Nejse.

Popismo mi pomirušu i razgovorušu i svak' za svojim poslom. Fata ode trehnut' one ponjave iz ganjka, a ja ode u cvijeće da vidim, reko', jel' mi onaj hadžibeg ispodkuće propup'o. Ku'će, reko', ranije, al' šta znaš, ove vrućine, pa reko', da vidim.

- Mer'aba, Uzeire!

Okrenem se, kad komšija Zulfo. Kalemi jabuku.

- Mer'aba ja. Hoće li se primit'?

- Bezbeli da hoće, znaš da se u mene sve primi.

- Znam, reko', ko kad si ti fine ruke, a bome neće u svakog, valjda i biljke prepoznju insana.

- Ronda li ti Fata još, moj Uzeire?

- Jok ona, a od'klen ti znaš, moj Zulfo?

- A imam i ja fejzbuk, moj Uzeire, a znam i čitat'.

- Aha. Kako tvoja Đulsa, jel' imalo bolje?

- Jok ona moj Uzeire, da Bog da da ikad više i bidne. Ova naka bolešćina, alahselamet. Vratila je u mladost, eno je bakami se, kaže moram kod jaranica na Pirin brijeg i u Arapovu, k'o biva da se dogovore šta će obuć' za nake igranke u domu na Vratniku. A najgore mi je, moj Uzeire, čim ustane i vidi mene da sjedim i čitam novine, digne name hampu, veli ,diži se idi traži pos'o, šta si tu zasjeo. Ja joj velim, šta ti je ženska glavo, ja sam u pemziji, a ona ni mukajeta. Kaže mi, vala si mi dodijo više, mala djeca, a ti ne radiš, samo sjediš i čitaš novine povazdan.

- I šta ti, moj Zulfo?

- Šta ću, moj Uzeire, spremim se, i k'o fol, ode tražit' pos'o. I tako svaki dan, više mi je život dodijo. A sve gore i gore. Haman, k'o da i nije više na ovom Dunjaluku neg' sebe smjestila, birvaktile, dok je mlada bila, ne umijem ti ni kazat'.

- Sabur, moj Zulfo, ne znam šta bi ti drugo rek'o.

- Jah, moj Uzeire, meni je deverat', a da mi je Bog d'o žena u pameti, plaho bi mi bilo.

Nešto kontam, šta sve ovaj insan devera. alahselamet. I tek kad 'vako čuješ skontaš kol'ko si rahat i da nije ovih priča, insan bi mislio da je njemu najgore, a Bome nije.

Uvjek ima gore od goreg, k'o što ima i bolje od boljeg.

Jašta!

POGUZIJA

U mene ti je nana Subhija znala svakakvijeh pjesama.
Neke je pjevala,a druge po taj vakat govorila. A mi k'o
maksumi, na jedno uho bi uđi, a na drugo izađi. Od tih bukadar
pjesama samo mi je jedna ostala, što bi nam je kazivala kad bi
pođi spavat'. More bit' sam i zbog nje posto vaki poguzija:
Hotio bi Ali-paša doći
al' ne smije kroz Sarajevo proći,
nisu age medene baklave,
a junaci pita zeljanica,
a neferi sitni hurmadžici,
bazerdžani na medu đunlari,
mladi bezi keške u kazanu,
a terzije sitne rešedije,
a bakali bijeli pilavi,
krevetari biber po pilavu.
Biber pali, bijeli pilav kvari,
kazandžije zlaćani sahani,
čizmedžije zerde u sahanu,
saračići sitni kolačići,
a kazazi bamja u sahanu,
borov čorba kahvedžije mlade,
a aščije hošaf kaisije.

MAHALUŠE

Čekam Fatu na čardaku da uznese kahvu i oškrinem malo pendžer prema sokaku i čujem kako dvije djevojčice razgovaraju:

- Ih, da mi te je kod moje mame malo da te ona sredi k'o što je mene sredila!

A ova će ti njojzi:

- Ko je tebi ljepši, ti ili Belma!?

Utom će ti Fata s kahvom i stade rondat' na mene:

- Hama zatvori taj pendžer, hoće te jope jamit' sandžija, pa ću ti ja morat' hizmetit'!

I nečudo' šta joj je odgovorila.

POREZ NA BUDALE

Naša kona Safa bi dođi u nas i veli Fati:

„Moja Fato, onaj moj Afan ništa ne jede. Bojim se skapaće mi od gladi".

Jenom dođe i Fata je pita:

„ Jel' ti se proj'o Afan?"

„Jašta je, moja ti, maštrafi k'o velki, sve mi pomete iz frižidera, bojim se da ne jede svoju nafaku".

Nikad ugodit.

Kad joj se Afan oguzo i post'o momčić, veli:

„U mene Afan pjeva k'o slavuj, doš'o je, haman do finala na nakom takmičenju. Moja ti Fato, koje smo pare dali da dovle dođe, al' ne žalim, ako mi pobjedi biće mi zvijezda k'o Halid.

Donese nam po sto maraka za telefona, k'o biva, da šaljemo nake poruke, a ja kontam:

Mani se ti ženo ćorava posla, da su Halid i Hanka tako plaćali ne bi nikad postali pjevači k'o što neće ni tvoj Afan. Pomislih, al' ne reko', pusti je kraju, more bit nekad i skonta kako je plaćala porez na budale.

Ko zna.

KOD RAMISA

Dođe jenom moj Kemica, mahsuz, čak s Malte u svom Golfu dvojki po mene i Fatu da nas vodi na kolače.

Još u avtu Fata viče:

- E, baš me nešto poš'o ah na hurmadžik.

- I mi ti, u Ramisa, kaže Kemica, kod njeg' su vam najbolje hurmašice.

Dođe Ljirim:

- Bujrum, izvolte!

Reko':

- Donesder meni tufahiju!

Kemica uze tulumbe i malo kadaifa, a Fata hurmadžik.

Vrati se Ljirim, izvinjava se, nemaju hurmašica.

- Čuj nemaju hurmašica, pa šta imaju? - pita mene Fata, a Ljirima i ne gleda.

- Imamo tufahije, tulumbe, baklave, kadaif, šampte, krempite, gurabije...

Fata se zamislila taj vakat, okrenu se meni i sve k'o šapće:

- Nek' mi donese hurmadžik.

- Ženska glavo, nema hurmašica, uzmi nešto drugo.

- Pa šta ima?

I Ljirim jopet ponovi.

- Neću ti ja to ništa, nek' on meni donese hurmadžik! Ode Ljirim, a mi na Fatu. Vrati se Ljirim, jopet se izvinjava:

- Nisu him danas ispale hurmašice, peku se druge, pa dok ne bidnu gotove uzmite nešto drugo.

- Šta imaju? - Jopet će ti Fata, a Lijirim, k'o navijen sve

izbifla.

- Ja bi' hurmadžik, jope ona, nek' ide on za svojim poslom.

Vratimo se mi kući, ja rondam na nju:

- Ne'š ti meni više niđe sa mnom!

Kad dođe momak nosi tevsiju hurmašica, kaže:

- Posl'o Ramis!

- Neću mu hin ja, nosi mi to iz kuće. Nisu mu nikad ni valjali, sama vodurina, a ni mrven oraha u njima nejma.

Dok smo deverali sa Fatom i njenim hurmažicama kod Ramisa, moj Kemica s Malte stiže nekako da mi ispriča i jednu ratnu:

- Moj Uzeire, najgore je bilo u zimu '94. Moju 101. motorizovanu poslaše taban fijakerom na Igman i otale u Semizovac. Što sam se u Semizovcu naj'o dobrog graha, u životu nisam bolji okusio. Grah za doručak, grah za ručak, grah za večeru i tako svaki dan. Peti dan, ja onaj grah u usta, a on se vraća, moj Uzeire, i na nos i na usta. Srećom, narediše pokret i mi ti na kamione, k'o kad smo bili motorizovana brigada i preko onih gudura. Nejma ni puta, grna ide ispred nas, a mi za njom i svako malo se neki kamion zaglavi te iskači i guraj. Snijeg do koljena - 40, sve drveće puca k'o da granate padaju. Guramo mi, vidim ja naka žena gura do mene, reko' jel' mi se pričinjava. Pogledam malo bolje kad Hanka Paldum. Pored nje rahmetli Meho Puzić. Guraju onaj kamion, a kamion samo što nije sletio niz onu liticu.

I tako do Fojnice. Iz Fojnice za Vareš, tri dana i tri noći puta. Odvalimo mi na Zvijezdi tri mjeseca...

- I šta bi?

- Ma, pusti to, moj Uzeire, nije to za priče!

- Što si onda započinj'o, kad nije za priče?

- Haj dobro kad si navalio... Gore ti mi podivljali, moj

Uzeire, u onoj šumi, svi dobili enterokolitis, nisi mog'o nać drveta da se istovariš, sve zauzeto. Neki fasofaše i mišiju groznicu. Ja od nake muke hod'o po Brezi, a tamo k,o da nije rat, rade svi kafići, prodavnice. Uđem ti ja je'nom kod Hodžića u mesaru i pitam: „Imal' šta brez para? „Kažu mi; „Šta će bit' brez para, nego ti ako imaš koga u Saraj'vu da ti pošalje šta para, bujrum!" I isuče ti on satelitski telefon, v'liki moj Uzeire, i ja nazvah Muneveru, reko tako i tako. Kaže ona, imamo još samo 5 maraka. Ma pošalji, bona. Pitam ja onoga, šta ima za pet maraka, kaže, nema ništa, šta ima kod tebe. K'o zajebaje me, a meni, bolan, Uzeire nije do zajebancije. Ode ti on tamo iza i donese mi naku vreću. Evo ti ovo sve za 5 maraka, a nek' ti žena ode na Čaršiju kod Hodžića i nek' mu da tih 5 maraka.

Dođe nama smjena, nakon 3 mjeseca i mi ti kroz tunel i u Saraj'vo. Meni drago što smo došli u Saraj'vo, srce mi v'liko. Ja trehnem onu vreću pred Muneveru. Nejma šta nejma, moj Uzeire, a najviše kostiju, repova, kopita, rogova. Nejse, ja smo ti i Munevera glođali one kosti do ljeta, dok im nismo dušu izvadili. Ono resto pokupila Munevera, i ja je pitam:

„Gdje ćeš to sa tim?"

Kaže ona;

„Odo' bacit' paščadima!"

„Nemoj, bona Munevera, kad vide šta je ostalo hebaće nam paščad mater!"

K'O DA MU NIKAD NISI VALJ'O

Meščini, nikad nije bilo teže s nekim se pazit', k'o u današnji vakat.

Ko kad je to sve zinulo za Dunjalukom, pa samo da mu je.

Došla k'o neka moda, šta li, ako nekom valjaš i ako ima koristi od tebe paziće te bome, k'o da si mu najrođeniji. Čim mu nešto iskvariš okrene se od tebe, k'o da te Bog nije dao.

Nit' se javlja, nit' dolazi.

Sjetih se kako smo se pazili s komšijom Haretom i Minkom. Ona njihova mala Dina, više je bila u nas neg' u svojoj kući. Prirasla nam za srce, meščini, da smo je volili k'o i našeg Hiketa.

Kad je ono u mene Hamo, Hiketov babo, otvorio firmu, dođoše u nas da pitaju imal' u njeg' posla. Pitamo mi Hame, a Hamo nama veli: - Ima, treba mi radnika, al' ja ne bi' ni rodbine ni komšiluka zapošljav'o, neće to na dobro.

Mi ti na njeg' obadvoje, a Fata veli:

- Haj kad sam te zaklela!

I on pristade.

Da Bog d'o nije!

Dok su radili u Hame, pazili nas još više, meščini, bolje neg' svoje matere, sve dok Hamo ne morade otpušćat' radnike. Njih ti najzadnje otpusti. Veli:

- Nama, moram, nejma posla ni za mene, a kamo li za nji'.

Kako ih otpusti tako i oni okrenuše glavu od nas.

Haj što su oni, al' i ona njihova Dina. Ni selam da nam nazove, kamol' da dođe. Odemo ti mi u njih da vidimo šta je, i

93

morel' se to ispravit', ako je nešto. Vidim ti ja, namah, sprema se sikteruša.

Nikad one kahve.

- Što vas to nejma u nas, pa ni Dina, da dođe po one svoje igračke? Mi joj nakupovali da se more igrat' kad bi dođi?

- Slobodno vi podajte nekom te igračke, ima naša Dina, fala Bogu, igračaka,veli on meni.

Reko': - Šta je reć', moj Muhareme?

Kaže ti on meni:

- Uzeire, vaš nam je Hamo gori i od Kardžića i Mladića zajedno, eto šta nam je on uradio.

Probam ti ja istjerat' na čistac, vidim ne ide. On zavr'o na našeg Hamu, te on 'vaki, te on 'naki, a nijedne pametne iz njeg'. A hanuma mu nadodaje, sve k'o fol, Fati šapće, kakav je naš Hamo. Da nije naš insan bi pomislio da i jest' gori i od Karadžića i Mladića, kako oni na njeg'. Vidim ti ja da iz njih ne zbori razum, neg' naka hinla i poganluk, te ti se mi digosmo i preko vrata.

Od tad, ponekad bi nam Dina navrati, k'o dijete, al' je oni namah vikni, preko bašče da ide kući. Počeše obadvoje neđe radit', ali sa nama ne govore, a mi ti se više ne petljamo u Ha-mine poslove. I ne bi više Hame priupitali da nekog zaposli il' pomogne, tamam da je rod rođeni. Što bi rek'o,u mene Hazim:

„Moj Uzeire, bolje ti je stijenu izgurat' uz Babin zub, neg' nekog pogurat'.“

Ko biva pomoć mu.

Ako mu jednom ne valjaš k'o da mu nikad nisi valjo.

STOLNJACI OD JUFKE

Jest neobično bez ove dijaspore, namah navale pa nestanu k'o da ih je insan usnio.

U mene kroz kuću prošla Amerika, Norveška i Šveska. Bila mi i familija iz Njemačke i poveli i jednog pravog Švabu. On ti je gled'o kako Fata suče pitu pa mene pito:

- Jel' u Bosni svi prave stolnjake od jufke?

ĆENIFE

U nas, birvaktile, bile ćenife na izvanu.

Namah počeše svi u mahali pravit' ćenife u kući.

Dođoše naki majstori i unesoše čučavac, kad za njima moja rahmetli nana Subhija: „Kućete s tim, neće meni svijet po kući s**t!"

SAČUVAJ ME BOŽE OD ZNANJA OD KOJEG KORISTI NEMA

Juče mi je više djece dolazilo neg' na Bajram:
- Čika Uzeire, poslala me nana, pita kako si!
- Pita mama hoćel' bit' šta danas, il' da čeka sutra?
U nas u mahali bio jedan Hazim.

Rano oš'o u pemziju i samo hod'o po sokaku i nos'o šah pod rukom ne bil' naš'o žrtvu da odigra koju partiju. Kako dođe ovaj novi vakat i svi zamandališe avlije, nestade i Hazima. Reko', šta bi s čo'jeka. Nisam to ni pomislio kako treba, kad eto ti Hazima na sabahu u mene i moreš mislit', nosi šah pod rukom.

Meni se smrklo, a bome i Fati, znamo kad Hazim donese šah neće šale otić'.
- Bujrum Hazimaga, k'o u svoju kuću, samo se nisi treb'o zahmetit' s tim šahom, znaš da ja to ne begenišem.

U mene rahmetli babo volio igrat' šaha, a nama nije bilo ništa mrže neg' kad bi mu dođi jaran Hakija da razbace koju partiju. Oni bi ti zasjedi taj vakat, a od dima cigara nisi mog,o ni u ganjku ostat',a kamo li do njih doć'.

I šta rade?

Igraju šah i klepaju pjesme po taj vakat:
- Kad si mi tako plah,evo tebi jedan šah.
- Znam te puško kad si pištolj bila!
- Da si mi k'o brat, evo tebi jedan mat.
- Taknuto – maknuto, taknuto - maknuto...

Kad bi mi dođi da ga šta pitamo, nit' nas je čuo nit' vidio, tolko bi se unesi u onu igru.

- Babo, daj mi stoju, da kupim pletenicu?
- Kad dobiješ peticu, kupićeš pletenicu!

I onda bi obadva, uglas ponavljaj,dok mi ne odemo il' dok him šta drugo ne nampadne.

Sa Hazimom moreš il' igrat šah il' slušat' njegove poslovice, k'o biva, narodne mudrosti što hin izbacuje k'o iz rukava.

Reko', haj da probam popričat', bolje mi je to neg' šaha igrat'. - Naj ti je gore, moj dobri Hazime, kad pripovjedaš ljudima i svi te slušaju, k'o biva, pretvorili se u uho i ti kontaš svi te razumiju, a kasnije ispade da te razumio jal' jedan, jal' nijedan, 'nako kako si ti hotio da him rekneš, a ostali po svom, kako kome paše.

- Jest, moj Uzeire, bolje se okliznut' nogom, neg' jezikom. A moraš besjedit', moj Hadžibeže, ne more to u tebi čekat', k'o što ne more čekat' ni kahva nalivena, a ni žena otkrivena. Mora se znat' ko malter mješa, a ko drži visak. Beg ja Beg ti, ko će vodu nosit'."

Bome ga je ne razumjedo', a ne smjedo' pitat' da ne ispadnem blento.

Reko': - Kako ti onaj sin, jel' se snaš'o tamo u Americi?

- Bezbeli da se snaš'o k'o i svi naši, brez jezika si tamo ništa, a s jezikom duplo golo. Bolje je bit' u Bosni pod zemljom, neg' tamo na zemlji. Čiji hljeb jedeš, njegovu pjesmu pjevaš. Beli su ga doveli u suru. A ja mu reko': „Nemoj ti za njima plaho pristajat'", a on jopet. Reko',hajmo mi jednu šaha razbacit'!

Kontam, bolje mi je i šaha s njim neg' ga slušat' i dumat' šta je hotio rijet. I on ti namah poče one figure slagat'.

Srećom, nije ni do Ikendije, kad je vidio da ja ne umijem i da me more matirat' u tri poteza, skupi one figure i ode.

Gledam ja za njim i nešto mi ga bi žao. Nije ni u onaj

97

vakat plaho paso, a u ovom da ti i ne govorim. Znao je bukadar narodnih mudrosti, al' ih nije znao primjenit',što bi rekli u nas:
"Sačuvaj me Bože od znanja od kojeg koristi nema".

KOD GNOJKA

'Vako ti ja muhabetim s onim hrsuzom, e beli će me ispameti istjerat':

- Uzeiraga, čim se proljepota vodim te kod Gnojka na meso,veli mi Mute taksista!

- Beli si hotio rijet kod Gojka, u Jablanicu. S tobom više ni do Mahirove pekare, ugursuze li nijedan. Ako ti je naumpalo pečenje, haj ti u Semizovac, bliže ti je, poselami mi Hasana, i nek mi pošalje čubre i struku vrijeska.

Prije je bio Gojko, dok mu je valjalo meso.

Znaš kako kažu:

„Ko ne jede mesa nevidi nebesa!"

A znadeš ti onu:

„Ko sve potroši na zahiru popeće mu se guzica za vrat, pa ti vidi!"

- Znadeš li ti, Uzeire, da su ovce u Australiji čule za Gnojka?

- Ne znam, odklen ću znat!

- Tamo ti se ovce ibrete, ne mogu da vjeruju da je istina što pričaju za Jablanicu?

- Haj ti za svojim poslom, kud si kren'o, nejmam se ja kad s tobom nabilavat'!

SUNET

Neku noć iza akšama zove me ženin dajdžić iz Šveske:

- Bogati, reko', Hamo jel' ti onaj mali još nako hašarijast?

- Jašta je moj Uzeire, k'o da je šejtan, naletosum, u njega uš'o, ne mogu mu ništa.

- Pa što ga malo ne ošineš, moj Hamo?

- Bi' ja da smijem, kad bi čule komšije da plače odma' bi me prijavile i jamili bi mi ga. Nego, ja njega odvedem u banju, odvrnem dobro vodu i spucam mu koji šamar. Kad me komšije pitaju, što ti je ono mali plak'o ja im kažem ne voli se kupat' pa plače.

Meščini k'o da je u ovaj vakat izašlo sve naopako, pa ovi što su zulum i belaj činili i sebe i svoje namirili, sad mirno spavaju, a kod poštena insana neće san na oči.

Tako i u mene neku noć, a nakih misli, Alahselamet.

Naumpade mi i o naj Hamo iz Šveske, kontam, što li mu je onaj mali 'nako hašarijast, more bit' što ga nije osunetio. Reko' odo' ga sad zvat' da ga pitam. Kaže Hamo:

- Uzeire, odkud tebe 'vako kasno. Reko', tako i tako. More bit' si ti u pravu. U mene ona mahnita žena ne dade, kaže, žao joj ga sunetit'. Prođe hefta, jal' dvije, zove me Hamo, kaže:

- Uzeire, osunetio sam malog i moreš mislit šta je bilo?

- Ne znam, moj Hamo, oklen ću znat'. Beli se sad mali smirio?

- Ma jok, bolan, Uzeire. Dolazio mi svijet na sunet i kako je u nas običaj davali mu pare. Onaj moj jaran Sake izvadio 500 Kruna, veli malom, da vidim ćunu pa'š ovo dobit'.

Kad je mali poš'o u školu pohvali ti se on učiteljici da je dobio pare od čike kad mu je pokazo ćunu. Učiteljica nadigla galamu, prepala se, mislila pedofil. Džaba što joj je moj mali govorio ne zove se on Pedofil nego Sabit, ona ti zovne policiju. I moj ti je Sake proveo noć u prdekani dok nismo dokazali Švedima šta je bilo. Vratim se u krevet i nastavim dumat',šta li mu je to pedofil?

Sutradan, pitam ja mog Hiketa, reko':

- Hikmete, sine, znadeš li ti za ove pedofile?
- Pa zar nisi već ogugl'o,veli on meni.
- Ko bi ogugl'o na te peksine i pogaćere...
- Ma nije to ba dedo, joj tebe.

I pokaže ti on meni kako se Ogugla, a bolje da nije. Moj brate, na ovom Dunjaliku hejbet poganluka, peksina i zijaćera, sve ošlo u helać. Bilesi i u nas. Kaže, faćaju i hapse đuturume koji traže zinaluk sa maksumima. Tobejarabi, tobestakfirula, namah se sjetih kako su se naše nane udavale.

Moja nana Subhija se ukrala sa česme nad Kovačima.

Nije joj bilo ni 14. Ostavila i đugum i leđen i ošla za Atifa. Nije bio ni dvajest godina stariji od nje. Izašla ja da se poigram sa djecom, a svekrva ti za mnom:

„Ulaz u kuću, snaha, nije to više za tebe".

Kona Arifbegovca vazdan je pripovjedala kako su je dali za Arif-bega kad joj je bilo 12. Veli, ja ponijela krpenu lutku, volila se igrat sa njom.

Sve nešto dumam, jel' to isti ovaj zinaluk il' je ono bio drugi vakat?

PRVOAPRILSKA

U gluho doba zvoni mi telefon.

Viče Fata: - Nemoj se javljat, bolan Uzeire, morebit' je kakav lopov, k'o za ona drva.

- Moram, reko', more bit' su djeca.

Reko':

- Ko je to u ova doba?

Kaže:

- Uzeire, pohiti, oblači se, zakasnićeš na poso!

Ja ko izvan sebe se spremim, a Fata će ti zamnom:

- Ku'ćeš bolan ne bio Uzeire, vidi koja su doba!

I ne čujem je, reko', moram na pos'o,zakasniću.

Moj Uzeire, kakav pos'o, pa ti si u pemziji.

Izađem na sokak, kad onaj nalet i šejtan Mute, iskezio se iz onog avta i viče:

- Prvi april, Uzeire!

Reko': - Govno ti na papir, Mustafa, da izvine ko sluša!

Vratimo se mi spavat'. Neće san na oči i tako sve do Ranog sabaha. Ne dade mi šejtan mira i ja ti nazovem Muteta, reko':

- Odosmo kod Fatine sestre na Hrešu, ho'š nas odbacit'?

- A jes ti fazon,Uzeire, al' haj eto, doću, da i ti mene jednom izradiš.

Sjetim se da je on ganj'o hloptu u Vrbanjuši kod Brace. Odem do halvata, nađem naku Hiketovu ispuhanu loptu, izrežem je i turim onaj kamen iz kace od kupusa. I onu hloptu posadim nasred avlije.

Dođe Mute i veli, 'nako s vrata:

- Ejvala ti Uzeire!

Zaleti se, haman k'o Džeko, žvajznu onu hloptu katilski, punim. Ja kad stade zapomagat'.

Reko': - Ejvala i tebi moj Mujo!

Asli se ovaj narod više ne umije ni zafrkavat' k'o birvaktile. Moraš plaho pazit' šta ćeš i kome rijet, da ti nebi ko zahatorio. Nahair i nadobro što još imam Muteta a i on mene, pa me more nazvat' u gluho doba i sa mnom zbijat' šale prvoaprilske, a ja njemu, haman prebit' nogu, a on crče od smijeha.

Evo dumam po taj vakat, šta li je to ušlo u ovaj narod pa posto 'vako muhanat i svoj.   Plaho me ufati nakav dert na ovaj pasjaluk i krmaluk međ' insanima, meščini da je sad bolje bit' međ' hajvanima. K'o da je neko prosuo sihire na ovaj Dunjaluk, a mi mu dođosmo k'o prkno, pa po nama sipa vas taj poganluk. U ovom jadnom insanu još je i ljepote i dobrote i što bi onaj mali rek'o Senadi:

«Senada bona, čovjek je teški hajvan i ono malo duše što ima, šejtan mu je dao da mu bude teže».

Eto, ja reko', more bit' mi bidne lakše, a more bit' mi neko i zahatori.

Ko će ga znat.

KUĆA POD KROVOM

Reko' Fati:

- Hajmo malo Muteta obić', da vidim kako mu je noga.

I k'o što je unas adet kad hastu obilaziš turimo mu u kesu sok od borovnice i kilo narandži. Nađe Fata naku bombonjeru. Reko': - Vrati je, ko zna kol'ko je prešla. Haman sam mu nogu prebio, sad još samo da ga otrujem.

Sejrimo ti mi po mahali, kad mi se nije šija ukočila kol'ko je to sve ošlo u vis. Moreš znat po spratovima kol'ko braće ima u kojoj kući.

Reko' Fati:

- Nekad ova naša kuća bila najveća u mahali, a gledaj sad, došla k'o pečurka, a da nam nije onog čardačića ne bi Saraj'va ni vidili. More bit' ne bi ni znali da smo u Saraj'vu.

- Džaba hin 'vliki spratovi, moj Uzeire, kad niko ni skim ne govori. Alahselamet!

Uniđosmo kod Muteta, dočeka nas njegova Vesna, plaho čeljade. Kontam nešto u sebi, kako ove fine žene vazda udare na ove hairsuze?

Kad u primaćoj na onom golemom minderu izvalila se Himzina Sabaheta, što bi u nas rekli, sjedi na leđima i ni muka-jeta što smo mi unišli. K'o da nas Bog nije dao.

Reko':

- Što je ne pokrijete, haman će vam zaspat'?

- Ma pusti, Uzeire, hodi ti vamo sa mnom, da mi koju ba-cimo.

Reko':

- Moj Mujo jes se ova naša mahala izgradila. O'klen ovom narodu 'vlike pare?

Kad će ti ona Sabaheta, što sjedi na leđima:

- Vala ja sam mog Himzu na bauštelu poslala davno, jes se slomio jadan, al' je kuća pod krovom!

- Hajmo, reko', Fato, proće nam Akšam!

BOMBONJERA

Kad ono u mene Fata izvuče onu bombonjeru, reko":
- Da ova bombonjera more govorit' pa da mi kaže đe je sve bila i šta je sve vidila, beli bi se siti napričali.

U mene Fata imala hejbet vakije po seharama i budžacima, jer bombonjere se ne jedu, one hodaju po mahalama, bolnicama... Bome su i Dunjalaka vidile. I radosti i tuge i rođenja, a i bolesti i umiranja.

Morebit' da je ova kupljena na Bistriku u Okrugloj, kod Salema u granapu. Otale je sišla do Bistričke stanice, neko je odnio šefu stanice, a njegova je žena sklonila i kad je ono trebala amidži u bolnicu ponese je, i amidža je odnese kad je ono bio otpušćan, a njegova je hanuma skloni kad pođe u Sokolović Koloniju kod sestre, da joj je ponese. Morebit' i da se jopet vratila u Okruglu, preko Ilidže, Nedžarića, pa u Švrakino, pa do Šefke i Hameda u Varaždinsku, a o'tale, zaobilaznicom dok nije završila u nas, ko će joj znat.

Nejse.

Nego ovo sam vam hotio rijet:
- U mene Fata nije dala djeci otvarat' bombonjere, a k'o maksumi, vazda željni slatka. Otvore ti je'nu i svu je pomaštrafe, pa jopet zalijepe celofan, haman sve kako je i bilo. Fata pošla kod Pembe i po belaju turi onu bombonjeru u kesu. Pemba hanuma iznese kahvu i viče Fati:
- Baš mi nešto prahnulo slatko, a vidim kroz onu tvoju kesu ti donijela bombonjeru. Hajmo je vala baš raspakovat' da ne hoda više. Otvori je ona, kad u njojzi samo jena čokolada na

sred srede stoji.

I one su ti taj vakat eglenisale o toj bombonjeri, k'o biva kako varaju narod i prodaju svašta, iako su obadvije slutile šta je u stvari bilo.

- Kad nisam u zemlju propala,viče u mene Fata kad bi po stoti put ispričaj.

JA U DRAGSTOR KAD DRAGSTOR RADI

Pitam ja jednom onog mog Muteta,taksistu:

- Ti, haman i ne izlaziš iz tog avta, jesi ikad napravio kakav helać s njime?

- Jašta sam moj Uzeire, ko nije. Prvi put, nisam ni vozačke im'o. Biriko se malo sa nakom harabatijom i odem ti ja na Sedrenik, gore slabo bilo milicije, pa niz Bardakčije, pa na Bjelave, sve do Džidžikovca. Ja niz Džidžikovac na nožnu, nožna ne radi. Ja za ručnu, ne radi. Ja na sat, sto na sat. Ja u dragstor, kad dragstor radi non-stop, 24 sahata otvoren, moj Uzeire, šta si ba ucviko!?

- Gilipteru jedan, gilipterski, dabili hrsuze nijedan, ne mere insan serbez ni progovorit' s tobom.

ČARLI I AVDO

Ja vam izađo' k'o onaj stari most u Mostaru:

Davno sam ti rođen brate, iz ove mahale nisam mak'o, a vidio sam svijeta puno, doš'o mi je, ne bi li mi se izjad'o. Tako i Abdulah, zvani Avdo, zove me neku noć. Kaže da me pita za zdravlje, a ja znam bolan da me zove da mi se nešto izjada. Ko će te, na ovom vaktu, zvat' 'nako. Neise...

- Uzeire, veli mi on, ovdjen u Francuskoj nikad nije bilo gore poslije onog Čarlija. Odkako dođoh nakon onog belaja u nas i plaho se snađoh s ovom mojom firmicom, posla bilo ne mereš stić'. Djeca mi izrasla u Francuze, k'o da Bosne nikad nisu ni vidila. Sad sam ti, moj Uzeire, brez posla. Kad Francuz čuje kako se zovem svi mi otkazuju poslove. A oni s bradicama i pantolicama, k'o da him je poplava bila u kući, kažu mi:

„Vi Bosanci ste gori od ovih ćafira, kad s njima završimo onda ste vi na redu".

Šta nas ovo snađe, moj Uzeire, ni krive ni dužne.

Niđe nismo prispjeli.

DOBRI

Pita mene Mute, taksista:

- Znadeš li ti, Uzeire, što četnici nisu ušli u Sarajvo!?
- Ne znamm o'klen ću znat', valjda što im vi niste dali.
- Ma jok bolan Uzeire, ka'ki ba mi. Pred sam rat dok se još moglo hodat uđe meni jedan dedo u taksi i kaže vozi me okolo Saraj'va i stani kad ti kažem. I ja mu stanem kad je god rek'o i gledam šta radi. Uči nešto, moj Uzeire i huče oko sebe. I tako nas ufati akšam negdje kod Vraca. Kaže mi dedo: „Odo' ja sad na akšam, a ti sutra dođi po mene pa će mo nastavit. Sutradan uđoše četnici na Grbavicu preko Vraca taman onde gdje je dedo prest'o hukat', a mi postavišmo linije sve na onim mjestima gdje je dedo učio i huk'o i tako ostade do kraja. Poslije sam ga tražio, k'o da je u zemlju prop'o niti ga ko zna, niti poznaje.

Asli je to, moj Uzeire, bio onaj Dobri, šta li?

LOŠI

U mene, rahmetli nana Subhija, nije znala ni čitat', a potpisivala se jal' s prstom, jal' s x, kako joj kad bidne ćeif. Plaho je volila da joj neko čita, pa bi nas maksume natjeraj da joj čitamo knjige što su joj ostale iza čo'jeka, k'o biva mog dede, rahmetli Atifa.

Je'nom ti ona mene ufati da joj čitam, meščini, jal' Zemzem, jal' Preporod, a najprije će ti bit' priče Edhema Mulabdića. Plaho hin je volila, a i nama nisu bile mrske. Nek' me ispravi ko zna, ne dajte mi lagat'.

Nejse.

U toj je'noj priči, dobro sam to upamtio, govori o je'nom sarajevskom prvaku, uglednom trgovcu koji kaže:

„U mene, dedo rahmetli, počeo pravit' kuću, i nikad je završit', a bio plaho pobožan čo'jek, pa se molio Dragom Alahu i dan i noć da mu pomogne da završi kuću.

Je'nom mu u san dođe Dobri i rekne mu da ode neđe na Alifakovac i da na tom i tom mjestu, ispod nakog hrasta kopa. Dedo ga nije poslušo, k'o veli, svašta insan usnije. K'o biva, što je dedi milo to mu se i snilo. Dođe ti njemu taj Dobri i drugi, pa i treći put i isto mu rekne. Dedo uniš'o i u dugove, a nikad stavit' kuću pod krov. - Haj, kaže, baš da vidim, ništa me ne košta.

Ode dedo na Alifakovac i počme kopat' ispod tog hrasta, i moreš mislit', iskopa ćup pun zlata. Napravi kuću, kupi radnju, i kako se koji sin rađ'o, kupi on svakom po je'nu. Eto otkle ovo naše bogatstvo.

- Nano, postoje li ovi Dobri?- Pitam ja, k'o maksum.

- Bezbeli da postoje, samo zapamti sine Uzeire, u Bosni ti se niko nije obogatio što neko nije zakuk'o, pa ti vidi.

- Bome sam i zapamtio, i to dobro. I dan danas se pitam šta li je taj dobri rek'o današnjim bosanskim prvacima, kad him je, prije onog belaja, iziš'o na san. More bit' da him je rek'o da osnuju nacionalističke stranke, pa da se narodi pokolju

I eto oklen njihovo bogatstvo.

DEDO SA BISTRIKA

Pita me jedan dedo s Bistrika:

- Znadeš li ti, Uzeire, ko je opar'o ovu našu prugu?

- Ne znam, oklen ću znat'.

- Ma ovi, bolan iz istočne Bosne, da se ne bi mogli vratit' Jazuk!

- Boga ti, Uzeire, jel' živ onaj tvoj dedo s Bistrika što su mu Sveđani oparali prugu, pita mene je'nom Mute taksista.

- Jašta je, k'o i onaj tvoj što je huk'o oko Sarajva.

- Moj Mute, dedo je preselio davno, namah, nije mog'o podnijet' što mu nejma „Ćire", ili more bit' što se ovi nejmaju sučim vratit, ko će ga znat'.

HALALOSUM

Bilo je nama plaho u Titin vakat, evo nek vam i Fata rekne, ne dajte mi lagat.

Jedino mu neću nikad halalit' što je vazdan nestajalo kahve i zejtina, pa si mor'o oblijetat' granape od Pešte na Vratniku preko Atifa s Kovača, pa sve do Salema u Okrugloj, na Bistriku

Mor'o si bit vazdan pripravan. Helem nejse, stiže haber ufatio se red od Sebilja do trajvanske asli nešto dijele.

Nazuh kaloše na priglavke i pohiti polahko... Kad dole, fakat, ufatim se u red, haman od Bakija i ha i haaa...

Kad tamo ispred Sebilja stoji momče i napis'o na kartonu: „Pomozite, fali mi za karte da se vratim u Pazar!"

Dadnem mu sve one pare što sam čuv'o za kafe i zejtina.

Halalosum!

ŠANER

Sjećaš se ti, Uzeiraga, kad smo ono išli na šanu, pita me Mute taksista.

- Naletosum i ti i tvoja šana.

A evo šta je bilo:

Treb'o ja ić na nake pretrage u Ljubljanu i po nesreći reknem to Mutetu.

– Haj, bolan Uzeire sa mnom, moram ja trknut' do Italije, imam nekog posla, pa mi je usput. Ne moraš nosit' ni hrane ni ništa.

Srećom meni Fata turi malo bureka i sirnice i dvatri kuhana jajeta. Prođemo jednu granicu kad će ti meni Mute:

- Uzeire, sad uči što god znaš, ako ovo prođemo prošli smo.

I on plati nešto na nakoj kapiji i mi prođemo.

- Ovo ti je bolan, Uzeire, putarina, a ti se usr'o k'o da nosiš žuto.

I crče od smijeha.

Ušli mi u Sloveniju i on svrati na pumpu, kaže da uzmemo nešto za prezalogajit'. Uvali mi naku korpu i stade trpat'. Okrenem se, niđe mi Muteta. Ja na izvan kad Mute kod auta. Upali, krenusmo.

- Platili ti Uzeire?

- Bome ne plati',valjda si ti platio.

- Bome nisam, asli si ti ovo ukr'o Uzeire,i ti postade šaner po stare dane. Ma krao si ti i prije, ko nije. Iz firme ako ništa komad žice, eksera.

Reko':

- Jesam krao sam, a sad zaustavi, ja ovdjen izlazim.

I on stade, izađem i krenem pješke. Kad eto ti ga za mnom.

- Haj bolan Uzeire, ja se malo šalio.

I tako sam ti ja izlazio šest puta od Ljubljane do Sarajva, a on me vraćo i samo nastavio se sa mnom šegat', a ono iz onog granapa nisam ni okusio. Lijepi moj burek i sirnica i ono dvoje-troje jaja. Bog zna šta je nalat vozio iz Italije, dobro nisam u hapsani završio.

Otad ja s Mutetom taksistom ni do Mahirove pekare ne sjedam.

ŽENSKI VAKAT

Kakav je ovo vakat doš'o, sve o'šlo naizvrat.

Eno onaj Šemso Hamidov, a nije on jedini, oženio se. Mlad, u punoj snazi ,a žena mu se nabakami, utegne i niz sokak ode radit', a on po kući po vazdan devera i čeka kad će ona doć' s posla,

Jo'nom uš'o u mene i ja ga 'nako pitam:

- Šta radiš moj Šemso?

- Ma, vala, ništa moj Uzeire, znaš kako je vazda po kući nakog posla, a ništa se ne vidi.

- Ne znam,reko'.

Nije popio ni drugi findžan, kaže:

- Tjerajte me, sad će mi žena s posla, a eno sam grah nastavio, mog'o bi mi se prekuhat'.

Gledam ga ja 'nako, a u mene Fata blehnula u njega i zinula k'o da je šejtana, naletosum, ugledala.

Nešto kontam i kažem sam sebi:

„Uzeire, baš si ti sretan čo'jek što si proživio u vremenu kad su muškarci bili muškarci, a žene samo žene".

MONTENO

Nekad onog Muteta, taksistu, ne volim ni srest'.

Baci mi neku svoju bombu i izvuče se k'o mastan kaiš, a mene ostavi da dumam po taj vakat.

- Šta ti misliš, Uzeire, ove naše komšije što sad žale i u zvjezde kuju našeg Kemicu, jesul' to oni isti što su ga '92. zabranjivali i htjeli pomest', zajedno sa nama, ili su to neki drugi.

- Ne znam, moj Mustafa, oklen ću znat'. More bit' da jesu, a more bit' i da nisu, a more bit i jedno i drugo. Noste đavo!

Kaže meni moj Kemica sa Malte:

- Moj Uzeire, ode nam i Kemo, osta' ja najmanji Kemica u Šeheru, sad nejmam kome pitu jest' sa glave.

- Jes moj Kemo, bio je plah insan i najmanji, a otiš'o je k'o najveći.

MOJ KEMICA SA DOLAC MALTE

Neki dan, kad sam ono stao s komšijom Zulfom, dođe mi moj Kemica, čak sa Dolac Malte u svom *Golfu* dvojki. Otvara i druga vrata, kontam, more bit' je i Muneveru poveo, kad iz avta iskoči nako pašće.

- Šta je to moj Kemale, hoćel' ujest'?

- Eki njega, jok, ba Uzeire, ovo ti je sad moj najbolji jaran i ahbab poslije tebe.

- Kad se prije sjaraniste, moj Kemo, ja reko'. - Kakav si merhametli, beli si ga nedje sa đade jamio?

- Sječaš se ti, Uzeire, onog mog jarana Faće, diverzanta što je nagazio na paštetu kod kote 505, na Žuči?

- Sjećam.Šta bi sa njim?

- On ti je sad u Americi i ima neku firmu za kompjutere. Pravo ga krenulo.

-Neka, aferim, beli ga je dragi Allah za sve nagradio.

- On ti je, moj Uzeire, prvi fasovo PTSP, ha je doš'o tamo. Nije iz kuće izlazio, samo buljio u televiziju, a da si ga pit'o šta je gled'o, ne bi ti znao odgovorit'. Sve dok nije naš'o psihijatra. Oni ti imaju dobre psihijatre za ovu našu bolešćinu, k'o kad ih tamo ima vakije kol'ko ho'š. Kaže ti meni, moj Faćo: „Kemice, odma' idi, liječi se, dok nije kasno, pusti Bugarija i hodže, nađi ti dobrog psihijatra k'o što sam i ja naš'o.

- Dobro te je nasavjetovo, moj Kemale.

- Jašta je, moj Uzeire. Da ne bi njega sad bi ja mahnit' hod'o i govorio ljudima da mi nije ništa i da mi ne treba psihijatar, k'o ovi moji borci. Zove mene je'nom moj Faćo i veli: „Kemice, posl'o sam ti kera sa brodom, a nije obični ker, imam ja istog. Mene je spasio, spasiće i tebe. Spominjaćeš me cijelog života". Pitam ga ja, kol'ko je to para, moj Fačo? Kaže on meni: „Puno, skuplji je od novog auta, ali je i vrijedniji

Umal' mu ne reko': „Što ti nije avto posl'o?" A bolje što nisam. Sa'š čut' i što:

- Dođe meni ovaj ker, moj Uzeire, i šta radi samo gleda u mene. Jel' mene počelo fatat' ono moje, on ti namah osjeti i počne me lizat' i skakat' oko mene, k'o biva, neda mi da se ufuravam u depresije. Evo me je i sad, ne'š mi vjerovat', kod tebe doveo, a ima li bolje terapije neg' kad te depresija ufati doć' kod tebe i promuhabetit'.

- Šta Munevera veli?

- Munevera je ljubomorna na njeg' ko pašče.

- Na kera?

- Ja moj Uzeire, na kera.

Vidim ja, onaj ker ničim ne mrda, samo sjedi i gleda u mog Kemicu k'o Ibrina Biza u lovu na zeca:

- Neka tebi tvog *Golfa* dvojke, moj Kemo, vrijednije ti je ovo pašče neg' ne znam ti šta.

120

BAŠ K'O HADŽIBEG

Kad pripovjedaš ljudima i svi te slušaju, k'o biva, pretvorili se u uho, a ti kontaš svi te razumiju, a kasnije ispade da te razumio jal' jedan, jal' nijedan, 'nako kako si ti hotio da him rekneš, a ostali po svom, kako kome paše.

Sve se k'o pitam:

- Što li se ovaj naš narod 'vako iskvario?

I ne iskvario se moj brate, šta je sve izdever'o i preturio preko glave, a bome i glavom zaplatio. Ovo što ostade, dobro je i u pameti ostalo. I nije više merhametli k'o što je vazdan bilo. Nek vala i nije, kad su svi iskoristili taj njegov merhamet i udarili na njeg' k'o bjesna pašćad. I kad te jednom zmija ugrize, što bi rek'o u mene Hazim, „ne bojiš je se više neg' ujedaš prvi i ne gledaš ni ko je ni šta je neg' samo grizeš". Ovaj nam je zadnji rat donio dosta jada i belaja, ali nam je, more bit' i valj'o. Pokreno je svu onu pamet što se godinama krila po bosanskim gradovima i selima i odveo ih na mjesta gdje se ta pamet nije više mogla sakrit' neg' je procvjetala u svoj svojoj ljepoti, baš ko u mene Hadžibeg kad razcvjeta. I to što je naš Faćo, diverzant sa Žuči napravio u Americi, meščini, ovdje ne bi nikad. I nije zaboravio svog ratnog ahbaba Kemicu već mu je posl'o tog pametnog kera da mu pomogne k'o što je i njemu pomog'o. Mnogi za to ne znaju pa vele: „Izmišljeno, zna se šta je bosansko pašće, jal' avlijaner, jal kanafer". Ima i ime: - Pujdo!

I kako ćeš se, jadan uživit' u ovakvu priču kad još vidiš bosanskog insana s ovo malo duše koju otkriva svima kako bi mu svak' lahko mog'o pljunut' na nju. Ne mereš. Jerbo je bosanski

insan sad k'o Hadžibeg, posijan svuda po svijetu i cvjeta u buka-
dar boja. I kaka mu je zemlja, taka mu je i boja. Još da je kak'e
države, il' kak'e pameti presadit', đe bi nam bio kraj.

A konci se zamrsiše ko insanski život, pa moraš znati
raspetljat', bona ne bila!

AKŠAMLUK I SEVDAH

Sinoć ti je moj Kemica s Malte zaakšamlučio, up'o u sevdah, pa me zove u gluho doba noći:

- Moj Uzeire, kad smo se u mene Munevera i ja zabavljali, mi bi izađi, obiđi sve one kafiće, pa bi otiđi na ćevape. Ja uzmem desetku, a u mene Munevera peticu. Pojede samo tri ćevapa i mene ostavi dva. Elhamdulila. Sad kad odemo na ćevape, ja uzmen desetku, a umene ti Munevera naruči 15 u čitav somun, sa puno luka u kajmaku i nisi rek'o ni bismila, niđe ništa u sahanu, ne treba ga ni prat', svega ga potrala. A ima je šta, mašala, ne ureklo se. Ma nek ima,Uzeire, ja nju meščini sad više volim nego kad je samo tri ćevapa mogla pojest'.

- Šta ćeš moj Kemice, ljubav je to, a i mladi ste vi ,nema vam ni po 30 al' u eurima što bi rekla naša Slavica.

KOME JE VALJALO

Kaže meni moj Kemica s Malte:

- Uzeire, kad ono završi rat meni nije bilo ni do čega, samo da se ima šta pojest', popit',i što 'no kažu, poklopit. I nek se ništa ne dešava, da uživam malo u dosadi. Nit' su me interesovali tuđi problemi, nit' šta se dešava oko mene, a pogotovo u svijetu. Tako i ovi moji borci, povukoše se, umiriše, k'o da ih Bog nije dao, a izletiše ovi podrumaši. Kad se to razletilo, moj Uzeire, nejma đe ih nejma, i oni najglasniji.Te mi odbranili Sarajvo, te đe ste vi bili kad je bilo najgore, a u ratu su se više bojali nas neg' četnika. Znali smo ih pronać' i mobilisat' i '95. Džaba, moj Uzeire, opet se to izvuče, donesu potvrde da su nesposobni, a u našoj jedinici ćoravih, sakatih, nejma kakvih nas nejma, a ono nesposobno. Stade rat, oni ispadoše najsposobniji. Uvalilo se to u opštine, politiku, nake organizacije i samo vaze o ratu i drže narod u strahu. A mi borci izbjegavamo jedni druge, samo da ne bi govorili o tome i podsjećali se.

Što ti ovo govorim?

Čuo si za ono u Zvorniku, nije to ništa čudno, moj Uzeire, kad ovi podrumaši ispiraju mozak ovoj djeci svakodnevno. I lože ih. Onda neko, malo slabijih živaca uradi 'vako nešto. Koga je zajeb'o? Zajebo nas je sviju. I sebe, i onu jadnu mater i one ljude što je pobio i njihove familije. Kome je valj'o?

- Ne znam moj Kemo, od'klen ću znat.

- Ovim podrumašima što su zasjeli i deru kožu ovom jadnom i napaćenom narodu, moj Uzeire. Neg' pusti to, kad će mo mi jednu šaha razbacit'?

- Eno ti Hazima pa razbacuj sa njim, sevap ti je.

HODŽA DŽEHENEM

Priča mi moj Kemica s Malte kad je on iš'o u mejtef, bio neki hodža, za njeg' se govorilo da je u drugom ratu bio sa Švabama i da je i ranjen u nogu. Niko ne zna kako se izvuk'o, al' kažu da je zbog njeg' dio džamije pretvoren u milicijsku stanicu, k'o biva samo na njeg' da motre. S druge strane džamije bila košpicarna i mi bi, kad bi pođi u mejtef, tu nakupuj cigana.

- A moj Kemo šta su ti cigani?

- To ti je ono, Uzeire, kad ostane od kokica što se ne iskoka. I to bilo dvije banke za fišek, a kokice bile dinar. I kad nam dosadi mi bi se gađaj sa onim ciganima, a onaj hodža, valjda i on bolovo od PTSP-a, ko i ja, samo što se onda za to nije ni znalo. Ja kad on, moj Uzeire poludi i stane udarat' s onim šćapom, pravo katilski. A šćap mu bio dug, mog'o je s njim dobacit' do trećeg safa. Ma bio za psihijatrije kad ga ono ufati, a znao je bit' i fin. Jednom nam govorio šta sve ima u Džennetu, a mi ga ispitivali, te imal' ovo, imal' treba, imal' raje, a jedan ga pita, valjda tek počeo pušit', ima li cigara? Kaže hodža, bezbeli da ima, ali nejma vatre i ako ho'š zapalit', moraš u Džehennem. Možda zbog njeg', Uzeire, nisam nikad ni pušio.

- More bit moj Kemo, ko će ga znat'.

SEVDAH NA BALKONU, A RAT

Asli je onog mog Kemicu s Malte ufatio nakav kasni bubertet.

Uzadnji vakat mi samo pripovjeda nake brezobrazluke. Nejma šta iz njeg' ne izlazi. E, ovo vam moram ispričat', pa makar pukla bruka:

U ljeto '94. potpisaše primirje, veli mi on, i ja ti izađem na balkon, da izvineš, samo u gaćama. Metak se ne čuje. Sunce prži, milina. Kad eto ti u mene Munevere, nosi kahvu i to u kepaćem kostimu, veli da ufatim malo boje za mora, ako rat završi. Meni nešto naumpade i ja ti navalim na Muneveru, a i njoj ne bi mrsko.

Veli mi : ``Kemale,hairsuze,svu me vatra obuze.``

Moj Uzeire, kad je bilo najljepše, osuše granate po Paramlinu, sa svih strana. Reko': „Munevera, bona, hajmo se sklonit', izginućemo". Kad Munevera vrisnu na mene: „Kemale, ne prekidaj, taman nas raznijele granate!"

Ma bilo je, Uzere, u ratu i finih trenutaka.

Eto, ja ispričah,a vi nemojte dalje, nek' ostane među nama.

GORI VATRA

Nazovem mog Kemicu s Malte da vidim što mi se ne javlja i da ga pitam kako je:

- Dobro sam, Uzeire, kako ste vi? Ma, vala, i nisam dobro, evo Munevera i ja cijepamo svunoć stražu na smjenu, a lozinka nam je „gori vatra". Čuo si moj Uzeire što pale auta po gradu. Ma ne bojimo se mi za našeg *Golfa* dvojku, neće njega niko, ali se bojimo kad zapale ono donas da i naše ne izgori. Nego možeš li ti kako urgirat' kod ovih što pale da malo pripaze na nas sirotinju....

- Moj Kemo, kakav je pogan vakat doš'o, evo ja ni nejmam avto, pa se jopet bojim da mi ga ne zapale.

ČIJA JE OVO BOSNA?

Zove me na sabahu moj Kemica s Malte da mi čestita Dan nezavisnosti, pa se nastavio:

- Vala,Uzeire, ne znam više ni zašta sam se borio. Meščini da ova Bosna i nije više naša neg' od ovih što seru po njoj i od onih što je peru i k'o lafo brane. I jedni idrugi to debelo naplate, a mi jedva sastavljamo kraj s krajem. Pa haj ti meni Uzeire reci čija je ovo Bosna?

- Naša moj Kemale, naša. Kak'a je god i čija je god, naša je.

DOJAVA

Kaže mi moj Kemica s Malte:

- Moj Uzeire, i dan danas kad me u mene Munevera upita đeš to ja joj kažem 'vamo neđe.

K'o biva neće da joj kaže, a sa'š čut' i što.

- Odem ti ja '93. na stražu kod Jedanest plavih, mirna noć metak se ne čuje... Kad oko dva po po noći osu po nama, granate sa svih strana. Oka ne mereš promolit'. Nije ost'o kamen na kamenu. Šta će ti bit'!?

U mene ona mahnita Munevera zvala Kalman radio i pozdravlja svog muža Kemala i njegove drugove, sve poimenice, koji se nalaze na straži kod 11 plavih u kući Majmunovića.

Umal' mi glave ne dođe!

NIKAKAV MI ŠEĆER OVU KAHVU VIŠE NE ZASLADI

Kad bi insan im'o kuveta da se pohasi i otvori sve ćitabe, što je zaturio neđe u ovoj blentavoj tintari, bome bi se ovaj Djnjaluk dobro zatres'o.

Al' nejma se kad, a ni skim, pa ja 'vako pokoju proturim, nek' znaju da se zna i da narod nije blentav i da nije zaboravio, neg' se svak zabavio oko svog belaja i čeka, k'o što je narod vazdan ček'o, ovdjen u Bosni, da mu neko drugi brine njegovu brigu.

Što 'no reče moj Kemica sa Malte:

- Moj Uzeire, čim je prva humanitarna stigla u Saraj'vo, mi više nismo branili Bosnu neg' talove ovih što su hajrovali na svemu. Pa se nastavi:

- I nisu to ovi, moj Uzeire, bogataši što hin svi znaju, to su ti ovi, malo mudriji, iz stranke, što su nosali kofere para u Bosnu, a više iz Bosne. I sad su ti to truhli bogataši, dobri vjernici, koji dijele sadaku i plate svojim radnicima na vrijeme. Niko ništa o njima ne smije ni progovorit', ko zna moj Uzeire, more bit' mu se sutra moradneš molit' za dijete da ga zaposli, il' ne daj Bože kak'e bolesti, ne valja im se zamjerat'.

I nije ti, moj Uzeirbeže, Bosna pod'jeljena samo na tri d'jela, da je Bog d'o, Bosna ti je podjeljena na pašaluke, begluke i aginske zijamete, baš k'o za turskog vakta, a mi smo ti, moj Uzeire, samo njihovi kmetovi, raja što tegli za njih i uvećava njihovo bogatsvo.

- E moj Kemale, težak ti je ovaj muhabet za kahve. Nikakav je šećer više ne zasladi, a more bit' i da je tako, k'o što ti veliš. Ko će ga znat'.

IKAR KONZERVE

Tamam prostrli bošču, Fata malo savila bureka u onu malu tevsiju samo za nas dvoje, kad telefon zazvoni.

Ko će ti bit', moj Kemica s Malte:

- Sjećaš li se ti, Uzeire, onih Ikar konzervi, mog'o se od njih dobar burek napravit'!

- Moj Kemo nemoj mi gadit' ovaj burek, sad ga neću moć' ni okusit', velim ja njemu, a on se nastavi.

- A sjećaš se onih riba u velkim konzervama, mi dobijali na liniji, jal' po dvojica, jal' po trojica na je'nu. I niko ih nije volio pa ih davali meni. Znaš kako sam ih ja maštrafio, moj Uzeire?

- Ne znam, oklen ću znat'!

- Ono bi nekad dođi malo struje i mi se razrahatimo,u tom ti je i nestade. Čim nestane struje ja viknem Muneveru:

„Daj Munevera one ribe dok nije došla struja da ne vidim šta sam pojo!"

KAD SMO VEĆ SUĐENI JEDNI DRUGIMA

Ja jes mi ovo sve dodijalo, moj Uzeire, ne umijem ti kazat', kaže mi moj Kemica sa Malte. Dvajest godina prošlo otkad je rat stao, a sve isto, k'o da i nije stao. Narod se kolje izmeđuse za svaku riječ, a ovi zasjeli i zakuhavaju. Ma vala, ko bi god, 'nako ljudski zatražio da mu halallim za sve što je bilo u ratu, namah bi mu halalio, a i ja bi od njeg' zatražio halal, pa da nastavimo ko insani, kad smo već suđeni jedni drugima. Al' ne daju, moj Uzeire, ovi što primaju plate da bi zakuhavali. Sreća moja pa imam ovaj pos'o i ovog spihijatra, a Bogami i tebe, da se imam kome izjadat'.

- Đe ono ti radiš, moj Kemale?
- E, Uzeire, stoput sam ti rek'o.
- Znadem, neg' ne umijem ti izgovorit'. Kod onog Mehaginog malog. Mehagu džidžara, ko nije znao i nije iz Saraj'va, moj brate. On bi ti znao rijet: „Lahko je robu prodat', moj Uzeire, haj ti govna prodaj!" K'o biva ono što mu ostane neprodato. Moj Uzeire, kad sam ono bio demobilisan, pa tražio pos'o, godinama, moj Uzeire. Odem ti u opštinu, sve ti oni fino sa mnon, obećavaju, al' nejma ništa. Do mog ratnog druga Željke ne mereš doć'. Borci ga prozvali sveti Željko, a bio snama po rovovima. U onoj opštini, nikog' ne znam, a rodio se tu, zasjeli sve oni što smo ih iz podruma izvlačili, pa se ti sad njemu moraš molit'. E neću vala, pa šta god bidne s mene. Srećom dođe moj adeš iz Francuske i ja ti kod njeg'. Kontam, more bit' me je i zaboravio, kad sam ga obilazio u Koševu, kad ga je ono granata razvalila na Otoci i kad mu je Topa nabavio peć i posl'o kod mene ljude

131

da mu zbavim ćumura i drva da ima šta ložit', on i mater mu kad izađe iz bolnice.

Namah se svega sjetio, moj Uzeire, kad ti je ko insan, i ja počeh isti dan radit' i evo sve do dana današnjeg.

KESICE ŠEĆERA

Što ti je ovaj insan nakav, hem zanovjetan, hem zagonetan.

Tamam pomisliš da ga znadeš i da je 'naki kak'og ga znadeš, kad eto ti njeg' da ti se ukaže kak'og ga nikad nisi znao.

Iziš'o ja malo na sokak, kad eto ti Muteta, k'o da je virio odnekle, i nosi naku kesu puna nečega. Nezgodno mi da ga priupitam, svakako će mi sam reći.

- Meraba Uzeirbeže!

- Merhaba Mujo!

- Znadeš li ti Uzeiraga kako na današnji vakat uspavljuju ljude kad hoće da ih operišu? - Ne znam, moj Mujo, o'klen ću znat'.

 - Pitaju ih hoćeš li skuplju ili jeftiniju anesteziju.

- Kak'a him je jeftinija, moj Mujo?

- Pjevaju mu, moj Uzeire; „Nina buba..", dok ne zaspe kokuz.

- Haj, noste đavo, sa svačim se šprdaš.

- Nije ovo ništa, moj Uzeire, kako smo se ja i moj haver, rahmetli Nećko, šprdali. Sjedimo mi je'nom kod njega, Ramazan bio. Donio mu ja nakav konjak iz Francuske, reko' „evo ti Nećko sakri' i kad prođe Ramazan da oćejfimo". Kaže on meni: „Mujo, jarane ja ga moram probat' da je hiljadu grijehova. Hajmo mi po jednu iz čepa dok nije doš'o u mene buraz". A buraz, Đevdo, bio pravi mumin, još u onaj vakat nas kad bi vidi, selam mu je bio: „Kad' će te vas dvojica doć' tobe?" Mi ti, moj Uzeire, čep po čep, haman ga iskapišmo. Ide onaj konjak, što bi tvoj Momo rek'o, k'o djeca iz škole, kad eto ti Đevde. Gleda ti

on nas, nešto mu sumnjivo i velli: „Hoćete li vas dva ikad doć'
tobe?" A Nedžad, rahmetli, izvadi onaj konjak ispod stola i veli:
„Hoćemo, buraz, samo da ovo odradimo, šteta je ‚vaki konjak
bacat'." Zarati se, moj Uzeire, Đevdo osta bez noge odma' na
početku, a Nećko u specijalce: „Ne dade ti se, buraz, da budeš
šehid, be li ću ja morat' mjesto tebe". Tako ti i bi. Pogodi ga ge-
ler k'o zrno riže, pravo u srce, na mjestu mrtav. Nigdje ni rane ni
krvi. Mislili da je im'o infarkt. Priča mi Đevdo da mu je to jutro
reko: „Buraz, sad sam se okup'o, uz'o abdest, ako danas pogi-
nem biću ti pravi šehid. Pričaću im gore za tebe, burazer si mi."
Odkako se rat završi, moj Uzeire, stalno pitam Đevde treba li mu
išta, dajem mu para, neće, sve ih baca za mnom. Je'nom dođe
kod mene i veli: „Ti ono, Mustafa, hodaš po svijetu?" „Hodam!"
„Bil' mi mog'o donijet' ovih kesica šećera, ja to skupljam". „Bi',
kako ne bi, moj Nećko". Od tad ti ja samo grabim ove kesice
šećera. Počeli mi se ljudi smijat'. Vidi, Uzeire šta sam ih naku-
pio, a sve različite. Odo' mu ih odnijet'.

- Haj, moj Mustafa, sevap ti je.

SVAK' NA SVOJE MJESTO

Bili u nas, u mahali, Salih i Salihovca, plahi i pobožni ljudi i imali tri sina.

Dvojica bila hairli, a onaj treći, najmlađi, Hamid, Alahselamet. Od malehna je počeo djecu prebijat' po mahali, otimat' him klikere i sličice fudbalera, a bome i pare i satove. Poče ulazit' ljudima u kuće i ukradi bi, ako ništa, kantu masla il, bestilja, a kasnije zlato i novčanike. Svi su znali da je to Hamid, al, ga niko nije prijavljiv'o miliciji da ne bi pristaj'o na muku Salihu i Salihovci koje Dragi Allah nagradi sa dva sina, pa dobro kazni sa trećim, ili hin je hotio samo bacit' u iskušenje. Ko će znat'

Helem, Hamid poče činit' zijan i po drugim mahalama gdje nisu znali čiji je, i on zaglavi u prdekanu. Malo bi iziđi, pa jopet, sve dok nije dogur'o do Golog otoka zbog nake goleme krađe. Zarati se i poče se ginut'.

Ona dvojica Salihovih hairlija poginuše u istom danu. Nasta golema tuga u mahali, a zamjeniše je još veće i gore. Nema insana koji nije pomislio, a neko, bome, i naglas reče:

„Što nije, tobe Jarabi, uz'o onog šejtana?

Kren'o ja je'nom po humanitarnu u Mjesnu zajednicu, kad prida me nako golemo avto od onog našeg fudbalera što je igr'o u Saraj`va. Otvori se pendžer i promoli se glava sa nakrivljenom beretkom i ljiljani na njojzi.

Ko će ti bit, Hamid, Salihagin.

- Mera`ba Uzeire, dokle?

Reko': - Ode po humanitarnu.

- Šta će ti ta crkavica? Dođi u nas u štab, reci da te je Hamid posl'o i uzmi šta ti god treba.

- Ne treba mi ništa, moj Hamide, dosta, meni i Fati, ovo malo zejtina i riže.

- Treba li ti stan Uzeire?

- Šta će mi stan, pobogu si, kad imam svoju kuću?

- Ako ti treba stan dole u čaršiji, ti mi ga samo pokaži i ja ću ga ispraznit' čiji god da je.

- Noste đavo i tebe i tvoj stan.

- Ovo ti je šansa Uzeire, ja da sam na tvom mjestu...

- Neka, reko', proće i ovo i jopet će sve i svak' doć' na svoje mjesto.

- Pazi ti, Uzeire, kako razgovaraš sa mnom, ja sam ti komandant.

- Meni Bome nisi, haj ti za svojim poslom.

U zimu, '93.kažu, Hamid jope u prdekani, čeka suđenje. Ubio kažu nekog političara zbog stana. Otad o njemu ni habera. Sve do neki dan. Ja niz Kovače, kad sam ono kren'o kod Nova- lija po onu almasli granu, kad me neko zove. Pogledam u onoj Midinoj avtopraonici nakav čo'jek stoji s onim šlaufom i bulji u me'. Pogledam malo bolje kad Hamid Salihov se iskezio. Pomi- slih, namah: „Neće ni Dragi Allah svašta sebi, neg' nam ostavi ovaj poganluk da nam bidne još teže na ovom Dunjaluku".

Šta , reko', tu radiš?

- Vidiš, perem avta.

- Peri, peri. Reko' li ti ja da će svak' doć' na svoje mjesto.

Nije mi odgovorio, samo se okrenu i nastavi prat' ono avto u Midinoj avtopraonici. Kako mu ono reko', namah pomislih: „More bit' da je samo blentavi Hamid leg'o na svoje mjesto, a ovi malo mudriji i danas danile sjede na tuđim mjestima i beru nečiju nafaku, ko će ga znat?"

MAKARSKA

Bio u nas, u mahali, jedan Zijo, zvani Zike, Hercegovac.

Njegovi su od Stoca, a k'o da i nisu, srodili se sa mahalom k'o što je to birvaktile bio adet, a ne k'o danas, ha dođu, da him je po svome.

Nejse!

Taj ti je Zijo plaho volio toplinu, sunce, a najviše more. Odkad je počeo rat, svakog ljeta krene ti Zike na liniju, puška na ramenu, šljem na glavi, u majici podrezanih rukava i, moreš mislit', u kupaćim gaćama i japamkama.

Reko': -Bolan ne bio Zike, ku'ćeš tak'i?

- Moram, kaže malo ufatit' boje, sad će ovo završit' pa da se pripremim za mora.

I uvijek bi mi ispričaj, kako su svake godine išli preko sindikata na more i to vazdan u Makarsku. Znaš ti, Uzeire, da je moj babo radio u GeSePeu, k'o biva u GRAS-u, i mi bi ti svake godine na more. Potrpamo se u gradske avtobuse, jednom nas vozio onaj zglobni sa drvenim stolicama, i pravac Makarska. Čim onaj svijet uniđe u avtobus, odma' ogladni i počme vadit' ono što je ponio, da se dobro najede, jer dug je to put. Neki se čuvaju za Gojka i Jablanice. Vade se pite, pečene koke, kuhana jaja, a zaljeva se, jal' himberom, jal' rakijom. Trese onaj avtobus, nije svuđe bilo ni asfalta, pa kad udari po onoj kocki, odvali bubrege, mješa ih k'o one loptice na tomboli, a narod stane povraćat'. Uščuje se, moj Uzeire, onaj avtobus, a nikom ne smeta. Oko Blažuja započne pjesma, a sve one o Bosni:
„Bosno moja, divna mila, lijepa gizdava..."

„Prođoh Bosnom kroz gradoveee...“

Tako sve je'na po je'na, do Ivana, a onda se nastave oni Hercegovci, što su sve dotad šutili i mirovali s vicevima o Bosancimi, a odvale i one svoje gange sve do mora. Tad započnu dalmatinske, sve do akšama, kad dođemo do Makarske. Rasporedimo se po kućama, a nas vazda zapadne zadnja kuća ispod Biokova. Popnemo se mi gore, dočeka nas barba Ivo, a mi djeca, k'o kad ne znamo, pozdravljamo ga:

"Selamalejk barba“, a barba ni mukajeta, a mi kontamo što nam ne odgovara.

I kad otale je'nom dođeš na plažu, nema vraćanja, tek u akšam. A na plaži svi zajedno: Kuha se lonac na koherima, pristavlja se kahva, slikamo se svi skupa sa magarcom.

Mi djeca učimo plivat'ronit':

„Ronjaj Safete!“

- Ma ljepota i rahatluk, moj Uzeire. I kad bi se vrati u Saraj'vo, foliramo se i govorimo dalmatinski sve dok ne pođemo u školu. I tako svakog ljeta isponove sve do '94.

Poš'o Zike na liniju, pod punom ratnom opremom, bilesi u čizmama.

Reko': - Zike moj dragi, kućeš tak'i? Sad će rat i zvršit', a ti se ne pripremaš za mora.

-Ma pusti, Uzeire, neće ovo nikad' završit'!

Kako mi to reče, bome, i ja se popišmanih i tad pomislih da, more bit', i neće.

A im'o je moj Zike pravo.

Za njega se sve završilo, kad ga je snajper pogodio sa Špicaste stijene u ljeto '95. Umjesto na more, Zike nam ode na šehidsko greblje na Kovačima, a ja kad god tuda prođem proučim mu Fatihu i sjetim se ove priče.

MUTE TAKSISTA

Uzeire, ti mene narezili tamo po onom fejzbuku, ispado ja najveći šaner i gilipter u Saraj'vu, veli mi Mute taksista.

- Ja šta si nego šaner i gilipter, ugursuze li nijedan!

A moram vam i ovo ispričat':

U mene komšija Sejfo ima familije u Norveškoj. Jednom ti je on bio u njih i upozno tamo dedu i nanu iz Prusca. Pitali ga oni zna li Mustafu iz Saraj'va i navedoše ga po prezimenu. „Kako neću znat to mi je komšija. Poselami ćeš nam Mustafu, Bog mu dao sve što poželi, on ti je nas iz Hrvatske dovuk'o ovdjen u Norvešku bez banke dinara, smjestio nas i još nam ostavio para dok se ne snađemo".

- Vjeruješ li ti moj Uzeire da je to naš Mute uradio?

- Vjerujem, što neću vjerovat', taj ti ima tolko grijeha, mora neđe i sevape skupljat'

ŠAH, MAT

Ja što me se onaj Omer od Amsterdama svez'o, haman me svaku noć uzbizuhuri iza Jacije namaza. Valjda đe mu je usitnilo do Bosne, pa ga počelo nešto češat' iznutra, šta li? Tako i sinoć,zove, javi se u mene Fata:

- Jel' prizn'o dijete, pita je Omer?

Fata se malo zbuni, pa mu odgovori:

- Nije još, jerbo mu ona nije rekla da je njegovo, a bi ga on prizno, samo još ni ne zna. Evo ti Uzeira!

- E moj Omere, nisi mor'o tako daleko ić' da bi gled'o turske seriji, mogo si hin i u Rogatici gledat'.

- Ma to u mene žena gleda, pa i ja malo provirim, moj Uzeir-bеže. Ima l' u vas vrućine, ovde upeklo ne mereš dihat', evo ja, da izvineš, u gaćama i sve prozore otvorio, al' džaba.

- Moj Omere, ubiće te propuh.

- Nejma ti ovde propuha, moj Uzeire, to samo u Bosni ima. Kad sam tek doš'o, na poslu samo prozore zatvar'o. Pitaju me oni: „Što ih to zatvaraš Omere?" Velim: „Ubiće nas propuh",a oni mi se smiju, k'o vele; „Šta ti je to, opet neka trauma iz Bosne." Sabahile, prije neg' krenu' na pos'o, a djeca u školu, svi zajedno idu pod tuš, čitava familija, da uštede, moj Uzeire. 'Nako mokre kose na biciklo, bilesi i zimi, moj Uzeire.

- More bit', moj Omere, da u njih tamo i nejma toga, al' nemoj ti plaho pristajat' za njima, oni su ti od druge japije pravljeni, jerbo, ako bidneš staj'o na propuhu, jal' iziš'o mokre glave, ne d'o Bog, ti se lahko mogu usta okrenut'.Taki smo ti mi, Bosanci, i tako je u nas, a bogme i unjih, samo što oni ne znaju.

More bit' zato mahniti hodaju.

I tako bi on taj vakat pilavio o svemu i svačemu, a ja nejmam kad, te ga prekinem. Nekad ga vala ne mogu ni slušat', šta mi sve napriča, pa ne mogu po taj vakat zaspat'.

Odo', reko' leć', a Fata veli: - Sad ću i ja..., more bit' u ovoj epizodi prizna dijete.

Legnem i naumpade mi šta mi je ono Hazim rek'o kad smo igrali šaha:

„Blentav čo'jek, kad je gladan, misli da se nikad neće najest', a kad se najede, misli da nikad neće ogladnit'. Šah! Mat!"

HARAM I KAPAK

Bio u nas jedan Vehid i zvali ga Joja.

Taj ti je dvije radnje prokock'o u Saračima, i to moreš mislit', na onim aparatima.

Umjesto u svoju radnju, on bi otiđi tamo đe se igra i povascijeli dan bi sjedi, tapkaj i dozivaj: „Ukucajder mi za joju", k,o biva za sto dinara. Niti je šta jeo, nit šta pio

Joja po jaja, dan za danom i ode i dedino i od dede dedino bogatsvo, što bi reko Joja.

Zadnji put sam ga vidio utovara ljudima cement i kreč na Kovačima, podavno.

Najviše je bilo rakijaša: Ibro Rumaš, Ramiz Pljoska, Salko Vinjačić i da ti ne nabrajam.

Samo da ti još reknem za Hakiju.

On ti je bio direktor u nakaj firmi i ugledan čo'jek iz fine familije. Sve mu je bilo potaman, al' volio popit'. I to krišom. Pio je samo votku, jer votka se najmanje osjeti. Prvo, samo na poslu, a ondak i kod kuće. On bi ti sakri flašu votke u halvat', niko mu je nije mogo nać'. Svako malo, ode k'o biva da nešto donese iz halvata.

Pričala kasnije njegova hanuma, Paša, mojoj Fati:

- Bome meni bi nešto sumnjivo. On ti malo, malo i ode donijet' drva, jal' ćumura. Znalo je bit' po pet kanti ćumura, a drva naslago', haman do plafona, dok se ono ložilo.

- I kako primjeti, moja ti Pašana?

- Fino, dođe jednom sav crn oko usta, k'o dimnjačar. Ja u halvat, traži', rovi' i nađem mu flašu. Moreš mislit', u ćumur je

sakrio. Al' džaba, moja ti Fatima, kad se ko na tog šejtana nava-
di, nevele mu se šale kotarisat'.

- Bome se Hakija kotaris'o, mlad, nije imo ni pedeset kad
je oš'o na Bare. Od svakle se moreš vratit', al' sa Bara se, bome,
niko ne vraća, što bi rekla je'na stara sevdalinka.

Sad ja nešto kontam, jel' se mi rađamo 'vako jogunasti i s
ovim inatom, il' nam ga matere usade?

Morebit' su nam trebale govorit:

„Pite, djeco i kockajte i radite sve što ne valja!"

More bit' tad ne bi, ko će ga znat'.

BEGOVA ČORBA

O`šli Fata i ja jučer na Begovu čorbu.Napravili veliki ka-
zan i djele je besplatno.Aferim!

Ufatio se red, sve one guzonje, ne mere sirotinja ni primi-
risat'.

Reko':

- Hajmo mi kod Hadžibajrića na čorbu, tamo namah do-
jdeš na red.

Nisam to ni izgovorio, kad me neko zove:

- Uzeire, vamoder!

Ko će ti bit', onaj Šefko što je u nas, u menzi bio kuhar.
Nasu mi one čorbe u naku kanticu, bilo je i tri litra, i ja 'nako
sonom kanticom kroz Čaršiju, k'o da sam, ne d'o Bog humani-
tarnu podig'o, a svak' me pita:

- Uzeire, šta ti je to u kantici?

Došlo mi je da je zafrljacim, al' nek nisam. Plaha him bila
čorba. Eno je još ima, nikad je pojest'.

Pred Akšam, reko' Fati: „Odo' ja zalit' cvijeće.

Plaho ti ja volim cvijeće, te ga počmem s merakom za-
lijevat': Katmere, Pejgamberčiće, Minđe, Akšamfate, Latifice,
Šemboj, Hadžibeg. Tamam dođo' do Sabahčića, kad me Fata
zove:

- Uzeire, telefon, k'o da je vanjska.

Ko će ti bit', moj Omer od Amsterdama, k'o biva Omer
od Rogatice:

- Ja jes mi dokundisalo, moj Uzeire, ne umijem ti kazat'.
Ti znaš da ja imam tri buraza u Rogatici. Dvojica rade na zemlji

i fino žive, more bit' bolje neg' ja, a onaj treći, najmlađi mi Safet, neće kile. Ja ga navadio, slat' mu pare, moj Uzeire, k'o da hin u bunar bacam bez dna. Nikad ga napunit'. A svake godine po je'no dijete. Reko': „Safete, bolan ne bio, šta će ti tol'ka djeca, a niđe ne radiš?" Kaže on: „Neka djece, svako djete ima svoju nafaku. Reko' naš hodža da smo mi, muslimani, dužni imat što više djece". „Hoće li ti onda taj hodža hranit' djecu?" On se naljuti, nije hotio sa mnom više ni pričat', a ja nejmado' srca, 'nolka djeca, pa mu opet pošaljem. Kako mu ja pošaljem tako i on priča sa mnom. Kad pođem dole, napunim puno avto da hin namirim, a oni name, te šta će ovo, što nisi donio ono. Alahselamet. Kad pođem, nakupujem him fasunke za tri mjeseca, ne prođe ni tri dana, zove, kaže, mali mu se razbolio, treba ga u Saraj'vo vozit', a nejma para... Da ti ne duljim, moj Uzeire, primaklo se, rodna gruda zove, a meni se ne ide. Najrađe bi otiš'o u Tursku il' Španiju, odmorio se k'o čo'jek i vratio rahat na pos'o, al' ne mogu. Šta da radim Uzeire?

Reko':- Što i dosad, šalji pare i šuti, sam si kriv što si od njeg' napravio nehljebovića.

MUHABET

Sabah hajrula! Dobro jutro! Merhaba!

Naj ti je bolje sabah sa pjesmom započet', ako je'na pjesma ne pomogne, a ti jopet ..

Evo me svojutro deveram oko cvijeća. Imal' šta ljepše neg' kad' se avlija okiti Đulama, Šembacima, Minđušicama, Sabahčićima, Akšamftama, a bome i Hadžibegom i Ćuvarkućom. Kontam nešto u sebi i zapjevah od miline:

- Haj, san zaspala, haj, san zaspala dilber Sajma u bašči... Haj, ustaj Sajmo, haj, ustaj zlato, sabah zora svanula…

- Zapjeva li se, Hadžibeže?

Pogledam, kad kroz onu tarabu što mi je napukla, iskezio se onaj moj nalet Mute i blehno u me.

- Ačkosum, Uzeire, veli mi. - Ti si ost'o jedini insan u ovom našem Šeheru što zapjeva, 'nako, brez honorara, a da nije jal' mahnit, jal' pjan.

- Šta si se ti, reko', nadigo sabahile?

- Ne mogu ti spavat', moj Uzeire, k'o da mi je haram prevagno na onoj vagi. Asli nisam dosta sevapa nakupio, pa sa šejtanima sabah čekam. Nego, radili se šta Uzeire?

- Bome radi, evo malo oko cvijeća.

- Ma nije to, ba Uzeire, neg' ono, znaš, one stvari, il' si ti to batalio?

- Kaki batalio, moj Mustafa, bezbel' da radim, prije dvajest i kusur godina jedanput, a zadnjih dvajest godina rijeđe. Neg', što tebe nejma u mene?

- Nejma se kad, moj Uzeire, a i ti mi provalio sve fazone,

146

ne mere te više niko preveslat'.

- Im'o sam odkog naučit'.

- Ma volim ti i ja cvijeće, al znaš kak'a je mahala, odma' bi rekli vidi pedera.

Eno onaj Adem, reko', svi ga zovu Adema, što je volio sa ženama o cvijeću pričat'.

Adem ti je, moj Uzeire, vazdan i bio Adema, samo što jadnik, ni on nije znao, pa eno ga se i oženio i djecu dobio, a sve zbog mahale.

- Pusti mahalu, moj Mujo, ko je na mahulu gled'o nije nidokle.

- Tako je moj Uzeir beže, neg' jel' ti ostalo one Begove čorbe?

- A zato si ti doš'o, ugursuze li nijadan i poguzijo, da bili!

HALALI HUSO MATERI

Prije, kad bi ko dođi da pozajmi pare, insanu bi bidni drago što je taj u njeg' doš'o tražit', k'o da ti je neku čast načinio.

O vraćanju nisi ni mislio, to je bila njegova briga. Dadneš mu sa halolom i zaboraviš na njih. Sigurnije su ti u njeg' bile neg' da si hin u banku ostavio. Sad je to drugačije.

Imal' mi šta mrže neg svoje pare nazad tražit'. Ne mereš da nedaš kad ti ko zaišće da mu pozajmiš, a imaš. Dadneš mu rukama, a vraćaš hin i rukama i nogama, što bi rekli u nas. Meščini, prije bi u zemlju prop'o neg zaisk'o svoje. A nekad nejmaš, pemzijica ne more dobacit' nidokle.

Kaže meni Fata:

- Uzeire, mogli bi danas u Ševke, na kahvu, nismo joj odavno ulazili.

- Mogli bi, reko', i sutra, jal' prekosutra, jal' slijedeće hefte.

- Ne moremo slijedeće hefte, nejmam ščime ni pite pomastit'.

Odemo mi, bome, a bolje da nismo.

U nas ima raznije' kahva:

Prva je dočekuša i ona se pravi, haman s vrata. Nisi ni sjeo, a domaćica leti u kuhinju, stavlja vodu i viče: „Eto me, samo da je pristavim!"

Kad se popije prva, koja vazdan bidne pojaka i kajmakli, dođi bi i druga, razgovoruša. Kad se šta pojede ili zasladi, domaćica bi reci: „Hoćemo li još po je'nu.

Treća je najpoznatija od svih i nju zovemo: Sikteruša!

148

Be li ti mi kod Ševke preskočismo i prvu i drugu i udarismo na onu najgoru:- Sikterušu.

Najprije se prenemagala sa onim mlinom, prebacivala ga sa kuka na kuk i sve govori:

- Vala će mo je sad popit', jes da smo je mi pili nejma ni sahat, a jel' de i vi ste je popili.

Reko':

- Nismo.

- Plaho, sad ću ja nju pristavit', neće li još ko izbit'.

Samljela je, haman tri mlina čekajući neće l' ko izbit', a Fata i ja čekamo ko na iglama, neće l' spomenut' one pare što smo joj uzajmili.

Nimukajeta.

Donese na koncu kahvu. Brez đozluka. Ja vidim u onom findžanu i polumjesec i zvijezdu dole na dnu.

Reko': - Neću ti ja ove kahve, hajmo ženo!

- Stante, sad ću ja drugu pristavit', k'o biva razgovoruš

Reko': - Kako si krenula naopako, od sikteruše, more bit' bi u akšam popili i dočekušu.

Nos te đavo i tebe i tvoju kahvu i one pare kad ti hin dado, bolje da sam ti hin namah halalio, manje bi štete im'o.

RAMAZAN

Sa'će nam, ako Bog da i Ramazan.

Ne mogu dočekat' da se insan malo pročisti od ovog po-ganog Dunjaluka, a najviše od poganluka u sebi, u svom tijelu i mislima.

Da je Bogdo svaki mjesec Ramazan, insan bi, more bit' bio puno bolji i sebi i drugima pa bi i ovaj Dunjaluk bio ljepše mjesto za živjet'. A more bit i ne bi, jerbo brez poganluka nejma ni čistote, k'ošto brez tame nejma ni svjetla.

Jah!

- Sjećaš se ti, moj Uzeire, kad ono nas Hamo odvede na iftar u oni hotel. Ja ljepote i ićrama, mili Allahu. Nisam ni znala da 'nako nešto ima u nas. Bog zna kolko je platio, ne htjede nam rijet - veli u mene Fata.

- Sjećam, kako se neću sjećat'.

Odveo nas Hamo u Bristol, na iftar. Ja mileta tamo, dragi Allahu, čitave porodice zajedno došle da iftare, nejma šta nejma. Oni konobari igraju oko tebe k'o da si sultan i samo donose je'-no za drugim. Meni, vala, bilo dosta i onu hurmu pojest', malo tope zatrat' somunom i zalit' himberom, a oni donose li donose. Gledam onaj svijet, to sve obučeno, ima se pa došli da pokažu svima kako imaju i kako mogu i da se zahvale Allahu što je od drugih uz'o, a njima dao.

Alahselamet.

Ne bi mi nimalo lijepo, među njima, al' ne reko' ništa da ne bi Hami hator iskvario. Sjetih se Ramazana birvaktile i na-mah me obli naka toplina i dragost. Mogo bi vam o tom knjigu

150

napisat', ali nejmam kad. More bit', neki drugi put vam ispričam, ako me zdravlje posluži. Samo još da vam reknem kad sam prvi put zapostio. Nije mi bio vakat za postit', al' ja hotio i nije druge. Veli u mene mati:

„Haj ti zaposti do podne pa se omrsi, a ja ću ti našit'."

Jok ja. Hoću da postim k'o i svi i nije druge.

Bila zima, sjećam se k'o danas.

Snijeg, haman do pendžera. Kad god bi moji ustani na sehur, ustanem i ja, a oni me vrate. „Još si ti mali ,imaćeš kad postit'." Kad sam him dodijo, puste me da zapostim. Niko sretniji od mene. Kreno ja da se liguram sa djecom, a mati me obukla sve uduplo na meni. Dvoje čarape, je'ne tanke i na njih vunene, dva džempera, bilesi dva šala i dvije kape mi natukla. Spustim se ja dva tri puta niz sokak, brdu strmu i vidim nije mi dobro. Počmem se znojit', jedva sam do kuće doteturʼo. Sa streha vise ledenice. Bilo je u nekima i po metar. Otrgnem onu ledenicu, sjednem na prag i udri, sisaj i glođi da me prođe ona stuga. Izađe moja mati i kad me ugleda veli:

„Uzeire, sine pa ti postiš?"

„Postim, mati, postim.Mogu ja."

„Moreš k'o cuko brez kosti" - veli ona. „Ne smije se, sine Uzeire, pit' voda kad se posti."

„I ne pijem vodu, nisam mahnit."

„Znadeš li ti da je ta ledenica od vode?"

„Ne znam, reko', o'klen ću znat'.

„Nejma veze, sad će tebi mati našit'."

Ufati me naka muka, pomislih, sad ću ravno u Džehenem.

I niko me nije mogo ubjedit' da nisam zgriješio i da me Allah neće kaznit'. More bit' sam kasnije i većih grijeha počinio i zaboravio, al' ovaj nisam do dana današnjeg.

RAZGOVORUŠA

- Haj, Uzeire, šmrknider tu kahvu i idi nešto napiši, haj da narod ne čeka.

- Šta ti je ženo, neću na pos'o, ne mereš više ni kahve s mirom popit'. Ti, baš ko babo od onog pjesnika, kad ga je budio sabahile i viko: „Haj, diži se na pos'o, idi piši pjesme".

- Haj Bog ti dao svako dobro, zamolila me Mehaginca, ustane na rani Sabah, voli uz kahvu pročitat', a kad ne pročita, kaže, k'o da je nisam ni popila. Magbula hanuma veli, nimal' mi ne legne ona kahva bez Uzejrovih priča.

- Mogo sam hin i 'nako kazat', eto hin tu prekobašče, stoput' su sve ovo čule.

Moj mi Šefko veli:

- Uzeire, ja na poslu, iziš'o na pauzu i haj reko' da vidim s telefona šta Uzeir piše. Pročitah onu priču, k'o da i nisam, nit' ja znam šta sam pročit'o, nit' šta si ti hotijo rijet. Tek kad dođo' kući, pristavih kahvu, pročitah je jopet, i sjede mi, moj Uzeire, k'o budali šamar.

Da su ovi iz Vispaka pametniji, mogli bi prodavat' ove moje priče uz kahvu. Kahva Dedo i dedine priče. Išla bi hin kahva k'o halva.

Nejse.

Nešto kontam, svakom od nas, Bog je dao neki dar i ko ga prepozna i drži ga se, taj će daleko dogurat', a najviše je onijeh koji vide taj dar, ali hoće nešto drugo, nešto što neko radi puno bolje, jer ima dara za to. A mahala, k'o mahala, svašta će ti oprostit' i halalit', samo neće ako imaš kakog dara, a da to nije gonjanje hlopte ili marisana.

Hamo, naš komšija, tek kad je oš'o iz mahale, post'o je slikar, pa onaj Admir postade glumac, a naša Hanka iz Sumbuluše, babo joj nije dao pjevat' pa bi se ona sakri na čardačić i potaj vakat bi pjevaj. Tek kad je ošla iz mahale postade pjevačica.

Sve nešto kontam, kad bi i ja oš'o iz mahale, morebit' bi i od mene nešto i bilo po stare dane, ko zna. Haj ti ostavi mahalu, moj brate. More bit' i moreš, al' mahala tebe neće i ne mere nikad.

Mogo bi' ti 'vako vazit' i nabrajat' do Aliđuna, ali nejmam kad, moram pohitit', čeka me Mehaginca, Magbula, a bome i moje ahbabice i ahbababi iz vascjelog Dunjaluka, a ti vidi šta ćeš i kako ćeš s ovim, moj dobri Kemale.

Haj Alahimanet!

BUJRUM, KAD GOD POŽELIŠ

Veli u mene Fata:

- Mog'o je vala i noćit', im'o je đe, što li je doš'o samo naobdan. Nije ni Vrelo Bosne vidio. Plaho običan ćo'jek, k'o da se rodio u nas u mahali, pa sa svakim se upita, svakom nazove selam, bilesi sa maksumima. Plaho ga u mene Fata zabegenisala, a bome i ja.

Kad sam čuo da ne gleda televizije namah sam pomislio, bome ovo bi mogo bit' insan koji misli svojom glavom. Ko god puno gleda televizije i čita novina ne misli plaho svojom glavom, jerbo mu je lakše da neko misli za njega, a on to jami k'o da je njegovo i pogin'o bi za to, k'o biva ovo je moje mišljenje i kapak. A hud, nije ni svjestan da je to neko smislio za svoju korist, a on poletio, da se ufati na to, da izvinete, k'o muha na govno.

Kad sam čuo da će doć' u nas, u Šeher, roko', što li će nam, anamo on, što ne ide tamo u svojih. Nisam za njeg' čestito ni znao, k'o kad vam ja, k'o on ne gledam plaho televizije. Ali kad ga čudo kako govori, sve mi je bilo jasno.

K'o da sam sebe sluš'o. Boni ne bili ovaj insan je doš'o u naš Šeher maksuz da vam rekne da je Bog jedan i da je za sviju ma koje vjere bili. Što mnogi, meščini i ne znaju, i da vas nauči da je ova zemlja, u kojoj ste se rodili i kojoj su svi vaši rođeni, vaša, k'o što je i moja i da je svi moramo isto volit' i poštovat' i bit' ponosni na nju. I još vam je rek'o, ne znam jeste li ga svi isto čuli, da su se u današnji vakat sve vjere naizvrat okrenule i preokrenule u mržnju prema drugima, i da ćemo, ako se 'vako nastavi, svi otić' u helać.

154

I što bi naš Samir rek'o: - Bujrum, Papa, kad god poželiš. A moj komšija Hazim dod'o: - Pravi insan je mio ma koje vjere bio. Eto, to sam hotio da vam reknem, pa vi vidite.

U NANINOM KRILU

Bila u nas Galiba hanuma, čak sa Jarčedola, iz Trčivoda došla da obiđe svoju jaranicu i povela unuka.

Starinska žena, ne mere sjedit' gore, neg' sjela na pod, poravnila, a kako ona sjede tako joj se mali uvali u krilo. Gledam hi i sjetim se kako sam i ja k'o maksum vazdan nani sjedio u krilu. Kad je ono nana Subhija iz Samardžija došla u nas, namjestila sebi, prostrla serdžadu i po njoj šiljte pored peći, okružila ga tvrdim jastucima, k'o za mindera i to je bilo njezino mjesto, a bome, i moje. Volila poravnit baš k'o Fatina Galiba. Nisam mog'o dočekat' ka'će kahva pa da nana Subhija sjedne na ono svoje šiljte i da joj se ja uvalim u krilo i u mehke dimije. U jenoj ruci joj findžan sa kahvom, a drugom pridržava mene maksuma. Kod tog šiljteta se postavljala i sofra na siniji i dok bi nana jela, sve rukama, nisam joj izlazio iz krila. Tu u naninom krilu za mene je bio centar Dunjaluka i k'o nako udobno i toplo skrovište odaklen sam mog'o bezbjedno gledat' i slušat', k'o da me nejma, a tu sam. Kad god bi kreni obilazit' familiju, nana bi me povedi. Prije se plaho obilazila familija. Najmrže bi mi bilo kad moramo đe dalje iz Šehera, k'o na Ilidžu, u Hrasnicu ili u Lepenicu kod njene tetišne. Tamo nisi mogo naobdan pa bi se i noći. Samo se trehne kako šiljte po sobi i svi se povaljaju, je'no do drugog baš k'o sardine u konzervi. Oka nebi skolopio, samo bi čekaj jal' horoze, jal' mujezina da okujoše rani sabah pa da se ustaje.

Velim ja onom Galibinom maksumu:

- Hodi malo s dedom u avliju da ti nešto dedo pokaže!

On ni mukajeta. Jedva ga nagovoriše i ja ga izvedo' nebi li

jaranice na miru promuhabetile.

     - Kako se ti zoveš,dedo?

     Reko': - Uzeir. Kako se ti zoveš?

     - Amar. Kako ti je to ime dedo?

     - Lijepo, bome, starinsko.

     - A jesi li ti dedo ikad bio dijete?

     - Bezbeli da sam bio, k'o i svak'.

     - A jesi li bio beba?

     - Jašta radi.

     - Ko bi, bolan dedo, bebi nadio ime Uzeir!?

     - Haj ti, reko', nani u krilo, tamo si najrahatniji.

UGUŠI ME NEŠTO

U mene Fata odkad je za mnom ima običaj odškrinut sva vrata u kući.

Od ormara, plakara, visećih, bilesi čekmedže i seharu sa biserima i pršćenjem otvara. Haj što hin otvara, ne bi ni muka-jeta, neg' ti ja svako malo spucam od ona oškrinuta vrata, đah čelom. đah snečim drugim i bidnem vas od šljiva modar.

Ona hin otvara, a ja za njom idem i zatvaram.

- Što hin bona ne bila otvaraš, evo me vas sam modar?

- Moj Uzeire, ne mogu hin zatvorene gledat', uguši me nešto, veli ona i jopet sve pootvara što sam ja pozatvar'o.

- Bome ću ja pitat' mog Kemicu sa Malte da pita svog spihijatra šta to tebe guši. Asli su naki jal' šejtani, jal' džini.

Ima nešto u svakom insanu što ga guši i ne da mu dihat', a ne zna šta je neg' 'vako otvara vrata il nešta drugo radi nebi li prodih'o, a ne mere jerbo je to u njem' i ne'š ga se šale kotarisat'.

Evo šta mene guši:

Sabahile, u mene na čardačiću uz kahvu, čekamo Saraj'vo da se ukaže. Vazdan bidne k'o naka magla i vidiš samo kuće u mahali, k'o da si na selu, a dole k'o neki mliječni bezdan, ne vidiš mu dna. Nako pašče laje, vrane grakću, a ptičice započmu pjesmu, a mene ufati naka neuroza od onog njihovog cvrkuta, baš k'o da je neko odvio na radijonu Zoricu Brunclik pa mi para uho i rovari po mozgu. I dok čekamo, u mene Fata i ja, ne pro-govaramo nijene. Srčemo kahvu, kašljucamo i tuhinjamo, sve dok se Šeher ne počme ukazivat' i sunce nas obasja. Kako se Še-her ukazuje, tako i ono pašče prestaje lajat' i one vrane graktat', a ptičice... ko da je neko pomak'o stanicu sa koje reve Zorice Brunclik i okren'o je na drugu dje k'o slavuj pjeva Safet Isović:

"Vratnik pjeva, nikad ne tuguje, Sarajevom pjesma odjekuje..."

Ja miline...

Eto šta mene guši. Srećom ima i lijeka.

SAMOĆA

Ima u nas, u mahali, najviše starijeh žena, a bome, i poneki čo'jek da su sami.

Imaju i djecu i unučad, al' su sami.

Niđe nikog da him unijde i da hin obiđe. Ošla him djeca, sve po stranjskim zemljama, jedno drugo povuklo, a mati osta sama. Gleda slike, uzdiše i da joj je da bidne sretna, jerbo su joj djeca sretna, a ne mere, nešto joj ne da. Asli daljina.

- Kako li ona Sedika hanuma devera sama? - Veli u mene Fata. - Digli joj one 'nlike zidove, a ona k'o tica u kahvezu tuhinja i vehne. Sveg' ima, al' nejma što je srcu drago.

- Haj Bogati, pusti, vehnula bi i 'vako i 'nako, baš ko i mi.

- Jah, al' mi imamo je'no drugo, a i djeca nas obiđu, ako ništa za bajrame.

Velim ja je'nom njojzi: - Moja ti, Sedika hanuma, blago tebi što su ti djeca tamo. "E, moja Fatma hanuma, da Bogdo nisu",veli ona meni. Šta bi da su ti ovde, da hin svaki dan gledaš kako se muče i deveraju k'o ova naša? "K'o da se i tamo ne muči i ne devara, moja ti Fatima, more bit' i gore neg' ovdjen u nas".

Neka njih tamo, velim ja njoj, a u sebi kontam, more bit' za vikend nam navrati naš Hamo sa ženom i djecom i obli me naka milina.

A more bit' jope ne dođu, k'o i prošle i pretprošle hefte. Vazdan him nešto ispadne i ne dođu. Sve him preče neg' otac i mati. Haj, ako ništa, dođu nam od bajrama do bajrama, nek' su oni nama živi i zdravi.

I tako se u mene Fata nastavila taj vakat, a ja je više i ne slušam neg' kontam što 'no Hazim je'nom reče: "Uzeire, vuk ti se nikad nije naj'o kod svoje kuće!"

Zaboravih ga priupitat' šta je sa ovcama.

More bit' se ovce svuđe najedu dok na kraju njih ne pojedu, ko će ga znat'?

MANGALA I KAHVENI TAKUMI

Neki dan kad sam bio u mog ahbaba Ismeta u Kazandžiluku, ugledah u njeg' mangalu i kahvene takume i pođe me ah za kahvom od birvaktile.

Ne bide mi mrsko da siđem u halvat. Morebit' je još tamo. Bome ti ja nađem i mangalu i kahvene takume, očistim i iznesem na čardačić, a Fata stade rondat' na me:

- Šta će ti to, samo mene zahmetiš? To ćeš ti je'nom, jal' nijenom i ostavit' da mi smeta i zapinje po kući.

Sad ti mi svaki dan oćejfimo ikindijušu s mangale.

Čitava se kuća uzmiriše i vrati nas u onaj hairli vakat kad bi se mi k'o djeca uzvrti oko mangale ne bi li nam usuli malo kahve sa puno mlijeka. Haman Jarabi ljepote i meraka oćejfit' 'vako.

Fata više ne ronda neg' prži kahvu u šišu da joj bidne aćik i onda je nako taze samljevenu zalije iz šerbetnjaka, dobro promješa i vrati je na vatru da se digne do vrha džezve, a ne da joj da prekipi. Kad se kahva malo slegne, turi nam po kašikicu kajmaka sa kahve i onda nalijeva u findžane.

Džezvu i ibričić s mlijekom turi na mangalu, u lugom zapretenu žeravicu da se ne hladi. Nađoh i onaj muški findžan, još od mog rahmetli dede Atifa, a on k'o oko, mali, da bi se moglo što više popit' u društvu, jer su muškarci pili jaču kahvu. Fata uze, rahmetli nanin, čabenski, ženski findžan, pogolem, jer su hanume birvaktile pile tanju kahvu sa više mlijeka. Findžan u desnoj ruci, a kocka šećera u lijevoj. Zagrizeš kocku i zaliješ je vrelom, gorkom kahvom, a niz tijelo ti se razlije ta toplina ugode i meraka.

Još da hoće ko izbit', kakav drag i merhametli insane, pa da i on oćejfi sa nama... Al' neće, jerbo se svak' zabavio sa svojim belajom i nejma kad dangubit' 'vako k'o ja i u mene mi Fata

Nek vala ni nejma, kad je mahnit.

NE D'O MI BOG ŠTO MI MATI MISLI

Nešto mi se Fata, sabahile, na kahvi zamislila, sve bi k'o nešto rekla, a ne govori.

Samo srkne iz findžana, uzdahne i uzvrti se na minderu k'o da je nešto žulja.

Vidim joj na čehri i znam šta joj je. Znadem joj, k'o i ona meni svaki damar. 'Vako vazdan, kad bi čuj da joj je evlad neđe otiš'o, nejma ti njojzi ni sna ni spokoja dok ne dođu đe su krenuli ili se vrate otale. Oni joj više i ne govore kad đe krenu. Znaju kakva je i njezina se briga prenese i na njih, pa djeca moraju, pored svojih briga, brinut' još i što ona brine. Ne kažu džabe: "Ne d'o mi Bog što mi mater misli".

  - Što li se to Hamo ne javlja?

Ne odgovaram joj. Znam ako nešto reknem da će se ona nastavit' i ispričat mi po stoti put o svim nesrećama na putu koje pamti.

  - Jel' oš'o sa avtom?

Šutim, jerbo ako joj išta kažem da ću joj išaret da nastavi, pa će mi ovaj 'vaki kaharli dan otić' vas u helać, a i ja snjim.

U mene ti s djecom drugačije hoda.

Ha su počeli svoje živote živjet' prest'o sam se brinut'. Što sam znao rek'o sam him, što sam umio pokaz'o sam him i sad je do njih. Nek' oni sad deveraju što smo mi deverali, jer svak' ima pravo na svoj dever.

A matere su drugačije, njih ta briga ne popušća, meščini, dok su žive.

A svi se mi brinemo i sikiramo, k'o insan, al' svak na svoj

način i kako je ko naučio. Dever Dunjaluk pa eto ti, a ja ode u đulistan, tamo sam ti najrahatniji.

Asli će jopet kiša udarit', a Hamo je beli već i stig'o tamo kud je kreno, prije kiše?

JALIJA, ŠIBICA I TETAK SULJO IZ MAGLAJA

U Saraj'vu je vazda bilo jalije i biće.

Samo što je to birvaktile bilo drugačije.

Pričala meni u mene nana Subhija kako bi se momci isku-
pi kod Morića hana i na konjima bi otiđi neđe na meraju i tu bi
se utrkivaj i odmjeravaj snagu da se znade čiji je hat najbrži, ko
je od kog jači il' ko more dalje skočit' il dobacit' kamena.

Taka se mjesta prozvaše Jalija.

Tu bi momci troši snagu da je ne bi po Šeheru rasipaj na
tučnjave i kojekak'e marifetluke i belaje. A cure bi hin čekaj po
avlijama, pa kad bi začuj zveckanje konjskih kopita po kaldr-
mi zapjevaj bi uglas najljepše sevdalinke kako bi him privukli
pažnju. Dovoljna je bila rupica na tarabi da se sretnu pogledi i
da bljesne munja izmeđ gonđe i zagonđije. Jal' ona jal' nijena
druga. A gonđi bi se srce zadrhti kad bi ugledaj momka kako je
nakrivio fes il' kako prav jaše onog hata i ona bi samo od tog
pogleda počmi cvjetat' u najljepšu đulu.

Jal' njega jal' u crnu zemlju.

Nejma trećeg.

U današnji vakat jalija postade nešto dibidus drugo. Jalija
se poče marisat', prodavat' cigle zamotane u novinu došljama i
trošit' snagu po kafanama i mejhanama, a da ne govorim o bu-
narenju po trajvanima, šibicarenju, šani i ostalim marifetlucima,
sve do potezanja pištolja i satiranja naroda po džadama, a sve iz
te nake objesti.

Što vam ovo govorim?

Sa'š čut'!

166

U mene tetak Suljo iz Maglaja drž'o 'čele.

Plaho ti se on oko tog zabavio i svako malo bi dođi u Saraj'vo na te nake vašare 'čelara i tu bi dobi i nagrade. Obavezno bi dođi u nas i donesi bi nam meda i baška nama djeci po čikuladu. Plaho bi mu se obraduj. Jenom on dođe mahajući ruku. Mi maksumi zinuli u njeg', moreš nam iz očiju čitat' šta bi ko pitali, a stid nas. A on se poče k'o izvinjavat' što nam nije ništa donio, k'o biva nezgodno mu, a potom nam i reče što nije.

- Iziđem ti ja iz voza i na stanicu, kontam, imam još vremena pa malo prohodam po stanici, kad ugledam narod se iskupio, napravio krug oko nečega k'o da igra mečka. Odem ja tamo i vidim nakav vrti kutije šibica a svijet pogađa u kojoj je kutiji sakrio kuglicu od papira. Bome nakav i dobi. Gledam ti ja i taj vakat u onu kuglicu i svaki put pogodim gdje je. Sama mi noga krenu i ja ti stanem na onu kutijicu đe je on sakrio kuglicu i pogodim. Dobijem stoju. Slijedeči put me neko malo k'o gurnu i promače mi i ja izgubi. Zavrti onaj one šibice sve brže i brže i ja stoju po stoju sve pare zijanim što sam ponio. Živa je istina ono što kažu da mati nije klela sina što je kock'o neg' što se vadio. Meni se još igra, a nejmam para. Pita me onaj šta ti je to u cekeru, reko', med. "More, jarane i u med". I ja ti zijanim i dest kila meda što sam ponio vama i za sajam.

Ne odem ti na sajam, a najgore mi je što djeci ne kupih čikulade.

IZ RECENZIJE

RARITETNA VRIJEDNOST AUTORSKIH UMOTVORINA

Nageti nad knjigom kratkih priča "*Hadžibeg*" možemo sa užitkom gasiti čitalačku žeđ i usputno uživati i u lijepoj spoznaji kako smo na dobitku novih, korisnih spoznaja o moći pisane riječi, a odmah potom odgonetanja gotovo mistične tajne zašto je pripovijedanje Kemala Čopre osvojilo čitatelje planetarno raspletene društvene mreže *Facebook*. Ovakvo pripovijedačko magnovanje, kako neko reče "*starinskog kova*", ali moderne osnove u smislu povezivanja i premoštenja negdašnjeg i ovdašnjeg vremena, očaralo je čitatelje svih starosnih doba, o čemu svjedoče mnogobrojni komentari podastrijeti dokazima kako se iz *Uzeirbegovog muhabeta*, uz miris kahve i poetične slike, čuju glasovi, otkucaji sata (čitati: protok vremena), zvuk tihanog života...

Drugim riječima, ovo jesu sestre pričama koje su nastajale u vremenu kada se mirnije, sporije, ali duže i zdravije živjelo, ali su ovovremenim događajima i ljudima "*utkane*" u savremene tokove života u kojima se brzo živi i još brže umire.

Pripovjedački šarm našeg pisca je mozaički razvrstan i lijepo posložen poput čarobnih šara na ćilimu istkanom na starinskim razbojima, sa vremenski uramljenom slikom na zidu na kojoj vidimo mudrog dedu, negdašnjeg *usmenog pripovijedača*, ali krunsku ljepotu priča treba tražiti u umjetničkoj protkanosti kroz dijaloge, opise, pjesničke slike i u ljekovitoj poruci i pouci

169

koju nosi svaka od priča koje čine ovu pripovjedačku seharu do vrha punom i bogatom.

Knjiga ima raritetnu vrijednost, jer priče su autorske umotvorine, autohtona prepoznatljivost ili ti *"lična karta"* pisca koja je sretno ukomponovana u sadašnje vrijeme i u stalnom je dosluhu između vremena kojeg više nema i vremena u kome smo prolaznici. Njihova bliskost sa čitateljem se može promatrati i kroz Paskalovu (*Blez Paskal*) spoznaju kako su *"najbolje one knjige za koje svatko misli da bi ih mogao sam napisati"*.

Neizbježno je kazati kako se u riznici priča protkanih narodnom mudrošću, u skladnoj harmoniji nadovezuju i prožimaju humoreska i satira, sa aforističkim nabojem, ali nerijetko sa matricom prepoznatljivom kod narodnih predaja i pripovijesti koji pripadaju tzv bosanskohercegovačkoj usmenoj književnosti. Ne (u)kazuje li to da je naš pisac, po spisateljskom nervu i umijeću pripovjedanja, uz urođenu darovitost, čist produkt genetskog koda upravo takvog kakvog posjeduju pripovijedači iz starogradskog jezgra Sarejeva, ali i drugih urbanih sredina koje su njegovale šeretski čaršijski muhabet još u vremenima kada su mastilo i papir bili misaona imenica.

Svaka knjiga ima svoju sudbinu, a ovoj je predodređeno da (sa)čuva stere bosanskobošnjačke adete i običaje, da od(brani) od zaborava ljepotu i autentičnost starobosanskog urbanog jezika koji je odveć digitalizacijom potisnut iz svakodnevne upotrebe. Najvjerovatnije da se pisac suočio i sa takvim pitanjem koliko ga mogu razumjeti kompjuterizovane generacije, ali testirajući *faceboook čitateljstvo* uvjerio se da je i takvu prepreku prebrodio i da je na pravom putu.

Zahvaljujući takvoj *pobjedi*, književnost je bogatija za nesvakidašnje vrijedno djelo, pa i u spoznaji Henri Milera (*Henry*

170

Miller) kako *"danas više nego ikad treba tražiti knjige, pa makar imale i samo jednu dobru stranicu: moramo tražiti komadiće, djeliće, sve što u sebi ima zlato, sve što nam može oživjeti tijelo i dušu."*

Međutim, Kemal Čopra je otišao i dalje, putanjom misli genijalnog Ernesta Hemingveja (*Ernest Hemingway*): *"Sve dobre knjige djeluju istinitije kao da su se stvarno desile i nakon što pročitaš jednu, osjetićeš kao da se to desilo tebi i nakon toga ona pripada tebi; dobro i loše, uzbuđenje, kajanje i žalost, ljudi i mjesta i kakvo je vrijeme bilo."*

U Sarajevu, 06.06.2015.   Mustafa Smajlović

REAKCIJE ČITALACA

Haris Novalija
Preporučujem! Možete pročitati zanimljive, istinite i malo dorađene priče sa starim sarajevskim "mahalskim" žargonima, sa puno duha i nostalgije. Konkretno ova priča je meni zanimljiva, ali zaista možete naći i druge super priče da se malo nasmijete i opustite.

Nerkeza Zekić Ahatović
Kapa do poda za osjećaj koji izazivaš sa stilom pripovjedanja... Pomislim, priča neko moj iz davnina koga više nema... pa me i rastužiš i... nasmiješ.

Nermina Mušović Bekrić
Jedva čekam da dođem s posla pa da pročitam tvoju priču. Čitajući tvoje priče ja osjetim miris Bosne i čarsije. E, baš ti hvala.

Đana Husika Beganović
Od smijeha do suza, život je tako sazdan, pa tako i Vaša priča, ali lijepo je da se neko prisjeti i onih koji više nisu tu, a zaslužuju da ih se spomene. Vi to radite na lijep način. Sve pohvale i nastavite tako.

Zaim Sultanović
Suza mi kanu, Uzeirbeže, evo je još jedna, hajde, hajde...

Sanela Fejzić

Mogao bi Enis Bešlagić koju ovu Dedinu priču ispričati dok srče *Zlatnu džezvu*.

Irma Bećirević

Ja otvori' ovu haber kutiju, a ono k'o lenta muhabeti od Uzeirbega, a meni toplo oko srca imat ću što novo pročitati i naučiti sabahile. Uz kaficu s uživanjem čitam i u jednom dahu svaki Vaš muhabet. Uzeire, hvala Vam!

Muho Bahić

Isto tako i ja moram reći da mi je posebno zadovoljstvo i slast ujutro uz kahvu pročitati neku priču. Aferim i hvala na lijepim pričama.

Ramiz Cerić

Aferim Uzeirbeže! Svaka tvoja priča me obraduje, a hvala dragom Allahu kad te nagradi s takim darom. Živ nam bio i pis'o.

Mirsada Bajramović Mutapčić

Aferim, vratih se u neka stara, lijepa vremena, kojih nažalost više nema, nema u narodu merhameta, ni ovakvih poštenih ljudi kao u ovoj priči. Svako dobro!

Mirsada Alagić

Hvala dragi Uzeiraga na svim ovim pričama koje, kada čitam, osjetim mir i spokoj u duši, jer znam da će trajati dok je ovog našeg merhametli naroda. Jer gdje god pođi i kući dođi,

uvijek ima dobrih i poštenih ljudi, koji čuvaju ono svoje starin-
sko što nam je ostalo.

Selam ti i aferim ti, Uzejraga, prijatelju, na lijepoj priči.
Baš je prava, po onom starom adetu i običaju, nije ništa vjestač-
ko k'o danas- Ovo je dušom ispričano.Predivna je priča.

Nizama Foči

Imam osjećaj dok ovo čitam kao da ste bili kod mog babe
Emina. Hvala puno.

Redžo Alić

I ova ti, Uzejre, šorvana vrijedi! Ovu kahvu, što popih, kao
da sam je popio 1915., a ne 2015. Tako me vratila u ona zlatna
vremena, kad se znalo ko kosi, a ko vodu nosi.

Šemsudin Mušović

Ti si, Hadžibeže, mehlem za dušu. AFERIM.

Samir Mašić

Stvarno uživam tvoje tekstove čitati, Hadžibeže. Ja sam
rođen u Švedskoj, ali volim Bosnu k'o da sam u njoj rođen. I
ovake stvari kao što ti pišeš fino makar negativno a pozitivno
ispričaš, ulijeva mi nadu za našu BIH. Ponekad i prepoznam
neku riječ što mi je rahmetli babo koristio i veliko ti hvala za
tekstove. Samo mi je babo isto ovako bio iskorišten od svoje
familije čak i kad je u mezaru u Bosni, a meni se ide na mezar da
mu proučim Fatihu, ali mi tako dođe muka od ti parazita da sam
čak i babovu kuću dao bezkućnicima prošle godine što su mi
svaku želju ubili u meni da se ikad tamo vratim. Dao si mi nade
da ima ovakija svuđe i hvala ti ponovo što to podbacuješ. Samir.

175

Admir

Koga je odgojila nena osjetiće nešto u ovim kratkim pričama, izrazima, običajima, humoru, dosjetkama... Hvala nepoznatom autoru na nedeljnom sevdahu.

Elvis Sinanović

Al' takav je život, malo crn, malo b'jel... Želim Vam svako dobro od srca i drago mi je što Vas imam među prijateljima!

Nina Wilson

Uvijek mi se dan nasmiješi kad pročitam Uzeirove pričice. U zdravlju nam bili i dugo nam pričali ove vesele zgode i nezgode iz prohujalih vremena.

Minoka Durango

Uh, zamirisa kahva k'o zumbuli plavi... Volim te mirise starinske, naše, iz djetinjstva i moga Bogme. Kroz ove besjede šetam k'o Alisa u zemlji čuda. Poznatoj zemlji. Neki psihološki momenat. Dr. Hadžibeg bel' zna pripovijedat', a Bogme otvorit' i one davno zamandaljene kapije memorije, u insana. Tako se i ja sjetih moje bake Petre sa Babića Bašče...Sve je ondje tako mirisalo, još od prve besjede. A golemo što pisac nalazi na svom kućnom pragu grešku i prenosi je nama. Skroz suprotno našem balkanskom adetu da uz kahvu taj vakat razabiremo tuđe pragove i greške, a balvan u našem vlastitom oku ne smeta.

Smrković Đula

Svaki tvoj muhabetluk i najtužniji, zrači nekako optimizmom. Čitam uvijek s' uživanjem

Muhamed Ražanica
Ti si nevjerovatan... od čega Ti napraviš priču... i to kakvu priču... fantastično... od kesica šećera... haman niodčega... a grije... k'o taj konjak kad siđe niz grlo do stomaka, a priča je ustvari o tome kako je insanu sitnica k'o dunjaluk velika..

Vesna Kabon
Naš dragi Uzeirbeže, nedaj se samo ti belaju, hoću da te pitam jesil' ti sve ove habere u seharu na sigurno iskopir'o, more bit' ne d'o Bog da hin ko smahne, uh, gluho bilo,makni se s mijesta... Jah, šćedo ti ovo rijet za tvoje teftere bolan, zakalauzi hin dobro trebat će nam dobro za ovu mahnit' –vrijeme, omladinu moj Uzeire.

Džana Husika Beganović
Tužna prića sa puno duše. Uživam čitati Vaše šaljive priče uz kafu, ali potrebne su nam i ovakve koje nas natjeraju da se sjetimo da možemo i moramo obradovati nekog, pa makar to bilo i sa kesicom šećera samo.

Lejla Izet Imširović
Merhaba moj dobri Uzeire. Nejma Vas već dva dana, plaho ste nas navadili na ove vaše priče, pa nedostaju. Meni se čini ne bi' mogla kahve popit' bez Vaše priče

Milica Šarić
Dragi gospodine Uzeirbeže, kao dijete često sam čitala priče iz knjige NARODNI HUMOR I MUDROST MUSLIMANA, ove Vaše priče me često potsjete na istu. Teme i nisu baš

177

puno slične, ali redosled kazivanja i jezik rekla bih isti.

Hasna Kahrimanović

Čitam, uživam, ponavljam, pamtim da znam, da prokomentarišem, gledam da pogodim temu, jer imam ahbaba starijijeh, kojima prepričujem i gledam da ne zabrljam. Valahi, dobro išta znamo i umijemo, kako nam je bilo, ali i sada deveramo. Imamo haste, imamo sirotinju, imamo usamljene koji su u ratu ostali brez igdje ikog svoga. Imaš pravo, nejma više onog naseg merhameta, sve nam smeta, planemo u trenu, a najviše čo'jk na ženu. Ima nas po cijelom ibadulahu, svih boja, baš ko tvoj lijepi Hadžibeg cvijet. Danas sam kod Brajlovića vidjela i jarko crveni, namah se sjetila tebe ahbabu i pohitila polahko da pročitam i odgovorim, da raspetljam te konce, ali, konci se još više zamrsiše i nejma šta više ni da se piše. Selam!

Monika Durango

Mubarek Ramazan, dragi Hadžibeže. Vallahi, hvala Vam vazda za ove okrjepljujuće divne besjede kroz koje provlačite zlatnom nitima i lijepe plemenite pouke i poruke, i prefinjenu duhovitost koja izaziva srčan smijeh i opušta insama. Duhovnost stanuje u Vašoj lijepoj duši. Da ste nam srećni, zdravi i dugoviječni, dragi naš pripovjedaču šarmantskog duha.

Enisa Šabanović Ćuprija

Moja terapija, toplo preporučujem. Spušta puls, širi toplinu u duši i budi pozitivne misli, drugim riječima stanje zvano merak.

Boban Miljanović

Nema veze da li se zove Dejan ili Boban…

Čika Uzeir Hadžibeg predstavlja u svojim pričama nešto lijepo i čarobno, svakodnevno, a zanimljivo i poučno... Tekstovi za uživati i promisliti, tekstovi puni strpljenja i mudrosti, a ne mržnje i gluposti... Merak... Hvala mu na tome...

Mila Maca
Malo je reći čarobno. Ovaj pisac tako mehko i glatko niže riječi i osvaja čitaoca potpuno, tako da izaziva ovisnost kao kakav opijat ugodni.

Dejan Ilić
Ima, ne znam sad tačno, koliko vremena' da sam imao sreću da upoznam preko FB Uzeir Hadžibega i od tog momenta, čini mi se, da sam ponovo uspostavio onu "žicu" koja me povezuje sa Sarajevom... Tokom godina izgubio sam sjećanje na bogatstvo bosanskog jezika koji mi Uzeirbeg, u svojim kratkim pričama, svakodnevno vraća i ne da mi da ga zaboravim... Hvala Uzeir Hadžibeže.

Almasa Daić
Asli si ti ovdje u blizini, na Vratniku. Stalno pogledavam sa čardaka nebi li te ugledala.

Slađana Ercegovac
Sve što vredi, retko je. Redak je primerak nebrušenog safira, da ga je više nebi imao toliku vrednost. Retka je vrsta ovaj moj dragi kolega. I na mene deluje sedativno. Skroz me ošamutio. Pozdrav iz Beograda, osvojili ste ovamo simpatije kolega književnika.

Jasna Kosanović
Kako utapa, svaka riječ mjesta ima, hvala na ovoj ljepoti...

Avdulah Ramčilović
Hvala prijatelju, za divnu, zavičajnu, lijepo napisanu priču.

Siniša Zagić
Meni ovo godi čitat'. Romantika.

Monika Durango
Hvala Vam vazda za ove okrjepljujuće divne besjede kroz koje provlačite zlatnom nitima i lijepe plemenite pouke i poruke, i prefinjenu duhovitost koja izaziva srčan smijeh i opušta insama. Duhovnost stanuje u Vašoj lijepoj duši. Da ste nam srećni, zdravi i dugoviječni, dragi naš pripovjedaču šarmantskog duha.

Jovo Jovanović
Čitam sa pažnjom i velikim zadovoljstvom, gotovo sve Tvoje tekstove. O svemu što pišeš, o brojnim temama koje znalački dotičeš, imam vrlo visoko mišljenje.Međutim ovo što si danas napisao zauzima posebno mjesto u mojim ocjenama Tvog, toliko uspješnog rada i posla.

Sabina Ajdinović Skalonja
Divim ti se, odakle izvučeš te predivne priče, tako ih svakodnevno lijepo doneseš, daš nam osmijeh na ovom teškom vaktu.
Piši knjigu da ne moram svaku priču kopirati i čuvati, draže mi je da je imam u rukama!

Milada
Puno više pročitah između redova, no u samim redovima. Gospodine Uzeire, svaka Vam je zlata vrijedna.

Terezija Alagić
Nije više kahva kao što je nekad bila. Uz današnje kahvenisanje nema eglena, svi nešto šute i misle. Dobiješ toliko samo da lizneš, a prije džezva kao da nema dna. Da je ne znam kolika iz nje izađe fildžana bukadar, pa ti ona kahva dođe do nosa, ali priča uz nju razgali. E, lijepa, stara vremena!

Nina Šuvalić
Specificno bogastvo i kreativnost ove divne priče koju čitam sa užitkom svako jutro. Hvala velika.

Nedžad Derviševié
Bilo kako bilo, dragi prijatelju, čitajući ove kratke priče ne samo da otkrivam staro Sarajevo, grad moje mladosti, nego i tvoj široki talenat i nadam se da ćeš te kratke pričice sakupit' u jednu knjigu koju bih rado imao u kućnoj biblioteci.

Srma Handarić
Dedo Uzeire, kako ste? Boga mi ti napis'o ovu priču lijepo, Joj dedo jesi zafrkan, kako je nana Fata? Vi ste meni plaho dragi dedo Uzeire. Volim Vas puno. Zdravi mi i živi bili sto godina i ljubim vas obadvoje, nanu moju, Fatu i tebe dedo Uzeire

Asmin Kruškić
Jedan od rijetkih koji nikoga ne ostavlja ravnodušnim i kako god da je u našoj nam domovini, osmijehom, gegom, še-

gom, dosjetkom…vrati nas sve na nešto što smo veoma vrijedno imali i ‚nažalost, mnogi izgubili. Svojim riječima ovaj komšija, susjed i jaran, daje novu nadu za smoći snage za pičiti, sa lahorastim osmjehom, dalje i u nešto još bolje i uspjelije. Posebno da će mnogi ovo sve razumjeti i kupiti ovo vrijedno djelo bosanskog čovjeka, njegove tradicije i iskonske culture.

Mustafa Mahmutović

"Pripovjedački šarm pisca je lijepo posložen poput čarobnih šara na ćilimu istkanom na starinskom razboju. Tu su slike, dijalozi, opisi kao ljekovite poruke i pouke kojima je ova sehara napunjena do vrha. U ovijem vremenima, kad se brzo živi i još brže umire, knjiga kratkih priča Hadžibeg je pravo osvježenje" iliti "merak", možda čak početak nekog novog književnog trenda. Upućijem iskrene čestitke!

Halida Aličković Đedović

Što su Berber i Zec u slikama to ste vi u knjigama. Volim Vaš način pisanja, volim rustiku u Vašim riječima. Može se osjetiti kolorit vremena, širina proste duše Bosanske… i tako u nedogled da poželim biti u tom vremenu s ljudima poput Vas. Nadam se da ću doći do knjige.

SADRŽAJ

www.ingramcontent.com/pod-product-compliance
Lightning Source LLC
Chambersburg PA
CBHW072140170626
46813CB00004BA/1625